Udo Robert Riegger

Kaleidoskop Mensch 1

Über die potentielle Farbenpracht des Menschen

Bibliographische Information der Deutschen Nationalbibliothek:
Die Deutsche Nationalbibliothek verzeichnet diese Publikation in der Deutschen Nationalbibliografie; detaillierte bibliografische Daten sind im Internet über http://dnb.dnb.de abrufbar.

Herstellung und Verlag
BoD – Books on Demand, Norderstedt

ISBN: 978-3-7357-7508-5

Der Autor:

„Manchmal beisst das Leben an der richtigen Stelle."

 Sein Weg ist sein Ziel. Und als er sich darauf begab, war ihm das nicht bewusst. Udo Robert Riegger, Jahrgang 1958, seine Interessen und Vielseitigkeit brachten ihn beruflich zum Maschinenbaumeister, Elektrotechniker, Betriebswirt, Ergotherapeuten und in die freiberufliche Gesundheitsberatung und privat u.a. bis ans Ende (nein, eigentlich bis an den Anfang) dieser Welt. Menschen aller Couleur und das Leben selbst in seiner Unberechenbarkeit, hinterlassen Eindrücke die ihn zu lyrischen Texten, Kurzgeschichten, Dreizeilern und Romanerzählungen inspirieren. Wichtig ist ihm dabei, wie im richtigen Leben auch, Humor und Tiefgang.

„Ich schreibe, weil es mir Spaß macht und etwas in meinem Inneren mich dazu auffordert. Formulierungen über Zusammenhänge, Begebenheiten, Erfahrungen oder Empfindungen entwickeln sich in mir und machen einfach Laune. Insbesondere, wenn die Muse mich völlig überraschend küsst. Das kann am helllichten Tage oder in tiefschwarzer Nacht sein. Nicht selten lese ich dann erstaunt das, was sich vor mir auf dem Papier zusammen gefunden hat. Jedes Mal aber, löst es eine innere Zufriedenheit aus und das sichere Gefühl, dass es richtig ist zu schreiben."

Kaleidoskop Mensch 1

Über die potentielle Farbenpracht des Menschen

Aus dem Leben - Für das Leben

Wahr oder nicht wahr, entscheiden Sie selbst.

von

Udo Robert Riegger

Das Lachen als Muntermacher -

Das Nachdenken als Mutmacher

Widmung

All den wunderbaren Menschen, die erkannt haben, dass sie zu allem fähig sind und sich entschieden haben wohlwollend zu sein.

Wir haben die Erde von unseren Eltern nicht geerbt, sondern wir haben sie von unseren Kindern nur geliehen.

Indianisches Sprichwort

Inhalt

Totes Auge

Betäubend schön, intensiv und gefühlt nicht enden wollend, tauchte das grandiose Lichtspiel des Sonnenuntergangs diesen Teil der Welt in ein majestätisch anmutendes, tiefes Abendrot. Sein Farbverlauf auf Horizonts Schneide begann wie fließende glühende Lava und ging blutrot in ein leuchtend gelbes Licht über. Es wirkte, als versuchte er sich gegen die Verbindung mit dem flirrenden Horizont zu stellen, aber dennoch im Zeitlupentempo darin versank. Die Sonne schien sich gegen jeden Augenblick des Versinkens an der Horizontkante wegdrücken zu wollen. Sie breitete sich abwehrend zu einer gleißend flimmernden Wand aus, die sich verfließend an der Oberfläche gegen das Untergehen zu stemmen versuchte. Um dann doch, zwar unschuldig strahlend, die surreal wirkende grauenhafte Realität dramatisch auszuleuchten.

*

Dieses grausame Szenario hatte bei Roc eine körperliche Schockstarre ausgelöst. Zum Lähmungsgefühl kamen eine innerlich spürbare Zermürbung und das starke Bedürfnis einfach zu resignieren. Durch das dumpfe Dröhnen in den Ohren und dem Schwindel im Kopf verlor er fast sein Bewusstsein. Er kämpfte mit aller Kraft dagegen an. Nur sein Instinkt funktionierte noch und hielt seinen Organismus davon ab zusammenzubrechen. Das durfte auf gar keinen Fall passieren. Denn sonst würde Roc sich selbst verlieren in all dem Blut, den Körperteilen und den Eingeweiden, die ihn umgaben soweit sein Blick reichte. Überall aufgerissene Leiber, verlorengegangene Früchte von Schwangeren, die anhand der verschiedenen Stadien, in denen sie sich befanden, ihre Entwicklungsphasen sichtbar werden ließen. Manche Schwangere waren kurz vor ihrer Niederkunft und jetzt mit ihrer Frucht zum Sterben verurteilt. Neues, junges Leben schändlich ignoriert und ermordet zurückgelassen.

Roc konnte seinen Blick von diesen Grausamkeiten nicht abwenden. Er sah die Jungen und Alten, tot, in ihren vertrauten Gesichtszügen hatte sich ihr letztes Gefühl, das der Todesangst, eingebrannt und ihre Augen weiten und erstarren lassen. Vertraute liebliche Gesichter, in Rocs Erinnerung mit Freudentränen und herzlichem Lachen geschmückt. Wohlwollende, glückliche Gesichtszüge zeigten sich jetzt verzerrt, entstellt, ausgelöscht und in einer Vielzahl, die für den Verstand nicht mehr fassbar, nicht mehr erträglich war. Roc wurde in seiner Empfindung immer tauber. Er dachte es müsse ein überirdischer Schock sein, dessen schmerzliche Schwingung bis in ferne Galaxien wahrnehmbar sein musste.
Übermannt von unbändiger Übelkeit, Trauer und stechenden Schmerzen im ganzen Körper, trat Roc widerwillig seinen Heimweg an. Trunken von den herrschenden Eindrücken, musste er sich mit all seiner Kraft

gegen das gelähmte Verweilen in dieser Tragödie wehren. Sein Kopf schmerzte, sein Körper fieberte vor Krämpfen und seine Tränen brannten wie Säure auf seinen Wangen. Sein Körper bewegte sich instinktiv und entfernte sich mehr und mehr von diesem grässlich abscheulichen Ort.

Hier, wo sich traditionell zwei der größten Familien der Blues aus dem Norden und aus dem Süden wie immer im siderischen Zyklus getroffen hatten. Hier, wo sich die Alten austauschten und sich zwischen den Jugendlichen zärtliche Liebesbande knüpften und bestehende verstärkt wurden. Hier, wo Vermählungen stattfanden, gespielt, getanzt und endlos friedlich gefeiert wurde. Hier, wo zerbrechliche und kraftvolle Stimmen wunderschöne Melodien in den weiten und hohen Gebirgen lange nachhallen ließen. Hier, wo zauberhafte Verzauberung spürbar war. Hier, wo die gemeinsame Jagd und das Ehren der Nahrung das mehrtägige Treffen beendete, wo man sich friedlich in Harmonie mit Respekt und tiefer Zufriedenheit trennte und sich freudig wieder verabredete.

Roc hatte bereits eine gute Strecke zwischen sich und diese furchtbare Stätte gebracht als er plötzlich innehielt. Eine apathische Ruhe hüllte ihn ein, dann spürte er aufkommende Hassgefühle, die sein Herz schneller schlagen ließen. Er wollte sich nicht beruhigen, er spürte wie langsam sein Kopf leichter wurde und wie sein messerscharfer Verstand zurückkehrte. Er erinnerte sich an

Erzählungen der daheim gebliebenen Alten, die sich die Strapazen der langen Reise nicht mehr zumuten wollten oder konnten. Sie sprachen oft von ähnlichen Massakern in der Vergangenheit. Nun war Roc zum zweiten Mal mit auf dieser Reise und wurde Zeuge einer Gräueltat, die alle seine bisherigen Vorstellungen, die er sich durch die Schilderungen der Alten gemacht hatte, zum Erblassen brachte.

Blu, der Älteste mit 96 Sider, erzählte, wie sie eines Tages entdeckten, dass sich Fremde in das Kommunikationssystem der Blues einlockten und so die Familienstandorte bestimmen konnten. „Wir änderten ständig unsere Frequenzen, aber es half nichts. Die Fremden waren immer an uns dran. Und nicht nur an uns. Auf andere Familien traf das Gleiche zu. In der Folge kam es zu mehr Austausch zwischen den unterschiedlichen Großfamilien. Selbst verfeindete Familien kommunizierten miteinander um Lösungen zu finden und um sich gegenseitig Schutz zu bieten. Doch alles war vergebens. Die Massaker wiederholten sich in immer kürzeren Zeiträumen und nahmen ein immer größeres Ausmaß an."

Roc dachte nach, er konnte jetzt nach Hause, aber was sollte er dort? Dem Ältestenrat diesen Wahnsinn hier erzählen? Gesagt zu bekommen, dass man nichts ändern kann und dann die langen Trauerzeiten über viele Sider? „Nein, nein, nein!" hörte er seine eigene Stimme und hämmerte mit seinem Kopf an einen Felsen bis warmes Blut über seine Wange rann und er es auf seinen Lippen schmeckte. „Aber was soll ich tun? So kann und darf es nicht weitergehen. Bald wird keiner unserer Art mehr am Leben sein. Dieses barbarische Töten und Verschleppen. Keine ehrenvollen Bestattungen. Was passiert da? Ich will wissen, will verstehen! Was ist zu tun?" Er schrie sich die Worte aus dem Leib und bemerkte wie ihm seine eigene tiefe Stimme Mut gab. Er entschloss sich Antworten zu finden.

*

Traurige Gesänge begleiteten die langen Kolonnen von jenen, die dem Massaker entkommen waren. Es gab keinen Unterschied mehr, wer aus dem Norden oder Süden gekommen war. Die vielen unterschiedlichen Familien gingen einen gemeinsamen Weg. Tausende gebrochene Herzen wandten sich gen Norden, von dort erhofften sie sich Sicherheit und Rat von den Ältesten, oder auch nicht, zu niedergeschmettert und verstört waren alle, um mehr zu tun, als sich irgendwie zu bewegen und ob sie sich in Sicherheit brachten war vielen gleichgültig. Durch die lähmende Angst und die Befangenheit durch die sich breitmachenden Sinnlosigkeit und der schmerzend quälenden Trauer, wollten sie sich einfach fallen lassen, sitzen bleiben, liegen bleiben, irgendwo, nur noch ruhen, die Augen schließen und bleiben, mehr nicht, es schmerzte zu sehr noch am Leben zu sein. Die Stärksten der Gruppe fochten gewaltige innere Kämpfe aus, sie mussten ungeheure Energien freisetzen, um sich und andere zu beruhigen, zu trösten, zu motivieren sich einfach weiter zu bewegen und zu ermutigen, trotz Tränen in den Augen und geschundener Seele. Es bot sich ein beängstigend unwirkliches Bild. Unzählig niedergeschlagene Reisende, die auf ihrer sich schleppenden Wanderung Melodien anstimmten, die tiefste Traurigkeit, eine alles durchdringende Hoffnungslosigkeit und Verzagtheit spüren ließen. Die sich lang hinstreckenden Gebirgszüge, die normalerweise vertrauten Schutz signalisierten, wirkten jetzt beängstigend und bedrohlich.

*

Roc wusste, wenn er Antworten haben wollte, dann musste er zurück. Es war stockdunkel, als er zurück zum Ort des Massakers kam. Er zwang sich seine Emotionen abzuschalten und folgte nur seinem analytischen Denken. Seine Augen konnte er zwingen sich auf die kleinsten Details zu konzentrieren, aber seinen Geruchsinn konnte er nicht beeinflussen. Er versuchte kaum zu atmen, um den üblen Geruch von Blut und totem Fleisch so lange als möglich außen vor zu halten. Nach einer Weile versank er so in seiner Konzentration, dass er nicht bemerkte, wie weit er sich bereits wieder von diesem schrecklichen Ort entfernt hatte. Die Spuren, die er fand, zeigten eine eindeutige

Richtung auf, der er, wie in Trance, folgte. Er vergaß Raum und Zeit, seine Sinne konzentrierten sich, sein Verstand war hellwach und er meditierte auf seine Instinkte und seine Intuition. Er war einer der Schnellsten in seiner Familie und er wusste, dass er bei diesem Tempo, das er vorlegte, bereits eine sehr weite Strecke zurückgelegt hatte. Die Umgebung war ihm durch viele Wanderungen vertraut. Die Spur, die er verfolgte, war so eindeutig, dass er keine Zweifel hatte. Nach und nach verlor sie sich jedoch. Roc folgte seinem Spürsinn und wagte sich in unbekannte Gebirge vor. Es war schwierig sich in den engen Zerklüftungen nicht zu verletzen. Sein Weg führte ihn höher und höher. Als er auf einer großen Plattform ankam, war er sehr angespannt. Über ihm schaukelten dichte Wolken aus nebeligem Dunst. Er verhielt sich ruhig und überdachte seine Situation. Im leisen Zwiegespräch versucht er seine Unsicherheit zu überwinden. „Wage ich mich weiter, werde ich die Wolkendecke durchbrechen müssen? Aber was ist darüber? Es könnte ein bewachter Zugang sein. Eine Falle. Es fühlt sich gefährlich an." Roc erkundet die Plattform und entdeckt eine überhängende Felswand mit einer darunter im Felsen tiefer liegenden Nische. Er entschließt sich hier etwas auszuruhen und nachzudenken. Im Schutze der Felsennische kommt er etwas zur Ruhe und kann sich ein wenig entspannen und fällt in einen Halbschlaf.

*

Von weit her, wie aus einer anderen Welt, kamen plötzlich Erinnerungen an Sore. Vor einem Sider lernte Roc sie kennen. Als eines Abends die Familien ihre Nachtmelodien anstimmten, wurde er unter den vielen Chorälen auf eine besondere Stimme aufmerksam. Neugierig suchte er nach ihr. Roc hatte das Gefühl, dass diese Stimme nur zu ihm alleine spreche und er ihr folgen sollte. Als er sah wem sie gehörte, verschlug es ihm den Atem. Die Augen in die er blickte, verursachten in ihm gleichzeitig Hitze und Kältewellen. Er hatte das Gefühl, als würde sein Herz stillstehen und gleichzeitig spürte er seinen Herzschlag rasen. Er liebte sie vom Fleck weg, beim ersten Blick in ihre nachtblauen Augen. Er hörte nicht, wie ihre Stimme sagte: „Hallo, ich bin Sore" und nach einer kurzen Weile: „Hallo?! Ich bin Sore und wer bist du?" Roc spürte nur, dass sein Mund offen stand und er hatte wohl irgendwie einen Silberblick, weil er dieses betörende, seinen Verstand lähmende, sanfte, anmutende Antlitz plötzlich doppelt sah. Doch schlagartig wurde ihm die Situation bewusst und er sah eine Mischung von fragendem und unfassbar schönem Lächeln vor sich.

Obwohl Roc hier in der Felsennische unter dem Felsvorsprung sehr müde war und die Traurigkeit sein Herz umklammerte, musste er darüber schmunzeln, wie blöd er damals gewirkt haben musste.

Sore kam mit ihrer Familie von den Weißen Riesen. Roc hatte sich unglaublich darauf gefreut sie bei diesem Treffen wieder zu sehen und war sich sicher, dass es Sore genau so gehe. Und nun das. Er wusste nicht was aus ihr geworden war, wollte nicht weiter denken, gewaltsam riss er sich von den Gedanken los und dachte nur noch Schlaf, Schlaf, Schlaf ... und irgendwann schlief er ein.

*

Die schreckliche Nachricht von diesem Massaker fand sehr schnell seine Verbreitung. Abgesandte der Blues im Norden kamen der großen trauernden Kolonne entgegen und führten sie ins sichere Gebirgsland. Blu hatte schon Tage vorher den Ältestenrat gerufen. Sie hatten beschlossen den Rat der Räte einzuberufen. Noch nie in der Geschichte war dies auch nur im Ansatz versucht worden. Blu hatte keine Vorstellung was daraus werden sollte, er spürte nur, dass es das Richtige war. In den folgenden Tagen trafen Abgesandte der verschiedenen Clans und Familien ein. Es gab Familien, die sehr schnell reisten und andere, die einen gemächlicheren Reisestil bevorzugten. Deshalb trafen ihre Abgesandten erst über mehrere Tage verteilt ein. An langen Abenden lernten sie sich kennen und fingen an sich intensiv auszutauschen. Die Strukturen und Gebräuche der Familien glichen sich weitgehend und es bildeten sich vor dem Hintergrund des Geschehenen ein starkes Gefühl der Verbundenheit und der Wunsch zur Zusammengehörigkeit. Wie sich nach und nach herausstellte, hatte die Tragödie ein viel größeres Ausmaß, als bisher angenommen. Durch die Erzählungen der unterschiedlichen Familienoberhäupter wurde allen schnell bewusst, nicht nur die Blues aus dem Norden und Süden waren betroffen, sondern alle Familien, sobald sie ihre Wanderungen weg von den Weißen Riesen oder zu ihnen hin unternahmen.

*

Roc wachte auf, er hatte sehr tief geschlafen und fühlte sich zu seinem Erstaunen gut, er wunderte sich ein weinig darüber, dass er sich geradezu kräftig fühlte, nach dem schnell zurückgelegten, langen Weg. Er entschloss sich, die noch immer mit Dunst verhangene Wolkendecke zu durchdringen, egal was ihn erwarten sollte. Als er sich im Schutze der Felsen langsam durchstreckte sah er das Unfassbare. Mit weit aufgerissen Augen zwang er sich dazu von diesem Bild abzusehen und zog sich mit plötzlich auftretendem Schwindel unter den Felsvorsprung in die Felsennische zurück. Ungläubig über das was er gesehen hatte, presste er sich mit aller Kraft an die Felswand bis ihm der Rücken wehtat, um sich durch den Schmerz zu versichern, dass er wirklich wach war und nicht träumte. Hass und Wut kochte in ihm hoch und doch wurde er ruhig und ruhiger, schaute suchend und prüfend nach oben, sein Gesichtausdruck wurde ernst, sein Blick schweifte die ganze Gegend ab, als würde er etwas Bestimmtes erwarten. Sein Blick verharrte an verschiedenen Punkten und er nickte fast unmerklich mit dem Kopf. Sein Entschluss stand fest.

Plötzlich wandte er sich abrupt ab und begab sich schnell und entschlossen auf den Rückweg.

*

Markante Wegzeichen, zum späteren Wiederfinden, speicherte er sich automatisch ab. Roc schossen tausende Gedanken durch den Kopf, während er sich schnell und gezielt fortbewegte. Erinnerungen aus endlosen Erzählungen zwischen den Alten, bei ihren Treffen, an denen er teilnehmen durfte. Er erinnerte sich wie Blu ihn vor vielen Sider fragte, ob er sich anstelle seines Vaters um ihn kümmern dürfe. Dafür war Roc ihm bis heute unendlich dankbar. Damals, als er vom Tod seines Vaters erfuhr, brach seine Welt zusammen. Er konnte sich vor lauter Trauer nicht vorstellen wie es weitergehen sollte, zumal kurz vor dem Tod des Vaters, seine Mutter bei einem ähnlichen Massaker ums Leben gekommen war. Sein Vater war gebrochen und streunte nur noch umher, um bei einem der nächsten Massaker ebenfalls einen erbarmungslosen Tod zu erleiden. Durch den Zuspruch und Trost von Blu behielt Roc sich die Liebe seiner Eltern immer wach und nach einiger Zeit konnte er aus dieser Liebe Kraft schöpfen. Blu sah in ihm nicht nur den eigenen Sohn, den er niemals hatte, nein, er sah die wundervollen und wertvollen Anlagen von Rocs Eltern in ihm vereint und er wusste, dass er sich auf Roc immer verlassen und auf seine Einschätzungen vertrauen konnte. Er zog ihn so sehr ins Vertrauen, dass er ihm schon früh alle Zusammenhänge der verschiedenen Familien, ihre Traditionen und Streitgründe erklärte. Alles, was er über das Universum, Sonnenjahre, Sterne und fremde Galaxien wusste. Abhängigkeiten und Abläufe der unterschiedlichen Lebensformen und dass alles Leben auf diesem Planeten durch ein elektromagnetisches Schwingungsnetz in Zusammenhang steht. Durch diese vertrauten Lehrstunden entwickelte sich eine tiefe Zuneigung zwischen Blu und Roc. Blu hatte ein enorm großes Wissen und viele Weisen, auch aus anderen Familien, sagten, er hätte das dritte Auge und so Zugang zum Universellen. Roc erfuhr, dass es bereits viele verschiedene Lebensformen auf der Erde gegeben hatte und dass jede auf ihre Art mehr oder weniger kriegerisch veranlagt war. Es gab schon immer Pflanzen und Fleischfresser, friedliebende und kriegerische Arten und die Natur sorgte immer für eine Balance zwischen allem. Eine Zeitlang wurde von allen Lebewesen immer nur der notwendige Bedarf an Nahrung aus der Natur entnommen, um für den Moment satt zu werden. Der Mensch jedoch, veränderte sich in seiner Evolution zur Gefahr für Tier und Natur. Durch ihn veränderte sich in verhältnismäßig kurzer Zeit sehr viel. Einige der Menschen respektierten die Natur und lebten mit ihr im Einklang. Sie gingen respektvoll mit der Tierwelt und Pflanzenwelt um. Sie nutzten den fruchtbaren Boden, um Nahrung anzupflanzen und sahen sich als einen Teil im Ganzen. Ein anderer Teil der Menschen war herrschsüchtig und kriegerisch und entwickelte mehr und mehr überlegene Waffen. Sie unterjochten, versklavten oder töteten einfach andere Menschen, um sich deren Lebensraum mit allen Bodenschätzen und vorhandenem Eigentum zu nehmen. Nachdem die sogenannten zivilisierten Menschen einen Großteil der Menschen, die im Einklang mit der Natur lebten, getötet hatten oder gefangen hielten, wurde das Töten von Tieren zur Sportart erklärt und so fiel auch ein Großteil der Tierwelt den Zivilisierten zum Opfer. Viele der Naturverbundenen zogen sich mit der Zeit immer tiefer in Wälder und Gebirge zurück. Das Töten zum Spaß und Zeitvertreib, weitete sich aber immer weiter aus. Diese Menschen nehmen sich von allem viel zu viel, mehr als sie brauchen und was sie nicht verwenden, lassen sie verrottet zurück. Es ist eine seltsame Gier, die sie nie genug haben lässt und es geht bis heute weiter und weiter. Menschen sind bestechlich, erlangen mit Geld Macht und beeinflussen ganze Kontinente und bereichern sich an deren Bodenschätzen, um diese dann in Geld zu tauschen. Sie bezahlen den Häuptlingen der Länder viel Geld und geben ihnen Waffen, um das eigene Volk unterdrücken zu können. So teilen sich die Schätze eines Landes nur ein paar wenige Menschen und lösen dadurch Armut und Hungersnot aus, weil sie mit dem Volk des Landes nicht teilen. Sie plündern und rauben die Natur völlig aus. Tausende von Tieren werden grausam gejagt, um nur bestimmte Körperteile von ihnen abzuschneiden und sie zu verkaufen. Die so zerstückelten Tiere werden lebend zurückgelassen, bis sie qualvoll sterben. Viele Menschen interessiert nur noch Geld und Macht. Viel Geld bedeutet über andere Menschen herrschen zu können. Viel Macht bedeutet viel Geld. Was aber geschieht, wenn nur noch wenige Menschen alles Geld und alle Macht haben? Was, wenn viele Millionen plötzlich gegen ein paar Hunderttausend aufstehen und sich mit Gewalt holen, was ihnen ebenso zusteht oder sich nur rächen? Bei solchen Fragen schüttelte Blu nur bedächtig den Kopf und Roc sah in seinen Augen, dass er diese Zeit bevorstehen sah.

*

Als Blu ihm eines Tages das Geheimnis um Leviathan verriet, war Roc geschockt und irritiert. Hatte er doch, wie alle anderen, das Bild des Ungeheuers im Kopf, wonach Leviathan ein riesiges Urtier teils Krokodil, Schlange, Drachen und Wal war. Unheilbringer der Lüfte, der Erde und des Wassers, versessen darauf zu zerstören und zu bestrafen, aber warum, das wusste niemand. Viele grausame Geschichten wurden erzählt von blutigen Massakern. Von vielen Toten nur noch die Körperreste aus Verstümmelungen und Innereien. In solch großen Mengen zeugten sie von einer barbarischen Grausamkeit, die kaum vorstellbar war. Leviathan weidet seine Opfer aus, weil er des Teufels Gesandter ist und glaubt, wenn er die Seelen seiner Opfer samt ihren Eingeweiden herausreißt, kann er sie Gott vorenthalten. So lauteten die schrecklichen, absurden Interpretationen derer, die sich in Diskussionen mit lauter Stimme in Vordergrund bringen. Sie nennen sich Geistliche und beschwören sich selbst in religiösen Haltungen. Sie schüren und spielen mit der Angst der anderen, um sich eine Vormachtsstellung innerhalb der Familien zu sichern. Blu sagte, dass das alles nur vordergründig sei. Und dann sagte er das Unglaubliche, für Roc in diesem Moment nicht Fassbare „Leviathan gibt es nicht", sagte Blu ganz ruhig und mit einem klaren Blick in Rocs Augen, der ihn zusätzlich erschauern ließ. An diesem Tag trennten sie sich ohne ein Wort mehr auszusprechen. Roc zog sich zurück und verbrachte den Tag alleine. Seine Gedanken zu sortieren fiel ihm schwer. Aber nach und nach erinnerte er sich, dass auch sein Vater sich immer skeptisch zur Existenz von Leviathan geäußert hatte. Er konnte es nicht begründen, sprach aber immer von einem sicheren Gefühl. Hunderte von Sider hindurch gab es nie eine Überlieferung, nie war die Rede von diesem Fabeltier, diesem Ungeheuer. Die Alten hätten sicher untereinander darüber palavert, aber nichts. Blu sagte, erst die letzten hundert Sider würden die Gräueltaten lebendig gehalten. Blu, seine Vorfahren und Ahnen aus anderen Familien konnten nie etwas Bestätigendes weitergeben. Niemals zuvor und bis heute nicht, hat irgendwer Leviathan gesehen. Nicht eine Krokodil- oder Drachenschuppe, geschweige denn einen Hinweis auf eine Schlange oder gar einen Wal. Niemand hat je etwas Reales gesehen oder eine Spur gefunden. Nichts. Blu wusste natürlich, dass die Angst vor Leviathan ein wirkungsvolles Erziehungsmittel war, um Familienverbände zu stärken, aber er wusste auch, dass es eines Tages damit zu Ende sein würde. Und es war auch ein sicheres Gefühl, dass das wahre Ungeheuer viel schrecklicher und zerstörerischer war, als es Leviathan jemals hätte sein können.

*

Roc hatte bereits eine große Strecke des Rückweges zurückgelegt. Er bewegte sich geschmeidig, schnell und sicher. Jede Abkürzung wahrnehmend, kein Hindernis war zuviel. Er sagte immerfort vor sich hin: „Blu hatte Recht, Leviathan gibt es nicht, es gibt ihn nicht". Nach einer Weile wurde ihm bewusst, dass er sich nicht mehr bewegte, dass er still stand, wie versteinert und nur noch einen Gedanken hatte – „Was habe ich da gesehen – wie kann das sein – wer ist das." Er musste sich übergeben, die Bilder der vergangenen Tage erschienen ihm wieder in aller Deutlichkeit und mit allen Details. Das viele Blut, die Innereien, der Geruch, die toten Babys und dann das Plateau, wieder musste er sich übergeben. Nur langsam kommt er zur Ruhe. Er erinnert sich wieder an seinen Plan, was er gesehen hatte, als er das Plateau erkundete. Der Müdigkeit und Traurigkeit in seinem Gesicht weichen Aggression, Wut und Entschlossenheit. Schnell macht er sich weiter auf den Weg.

*

Roc ist bewusst und konzentriert unterwegs als er Signale über sein Ortungssystem empfängt. Es ist Blu. Was? Er hat alle Familienverbände über den Rat der Alten zusammengeführt? Obwohl Blu nicht wusste was aus Roc geworden war, hatte er dem Rat angekündigt, dass Roc bereits unterwegs wäre mit wichtigen und entscheidenden Informationen. Roc wusste, dass Blu hoch pokerte und irgendwie geht es auf, dachte er. Sie warten auf meine Nachricht, wurde es ihm plötzlich bewusst. Er versuchte sich zu beruhigen, er war jung und plötzlich war er so was wie ein Hoffnungsträger für viele Tausende. „Ich soll die richtige Information haben, auf die alle warten?" fragte er sich. Und plötzlich wurde ihm klar, natürlich, sein Plan. Jetzt, da alle Familien mit unzähligen Angehörigen zusammen gefunden haben, jetzt, da war er sich sicher, würde sein Plan funktionieren. Er gab Blu seine Koordinaten durch, dass sie sich alle in seine Richtung in Bewegung setzen konnten. Blu selbst sollte sich absetzen und schnell zu Roc finden, er wollte sich unbedingt mit ihm beraten bevor es zu einer Besprechung vor dem Rat der Alten kommen würde. Als Roc und Blu sich trafen war nichts als traurige Herzlichkeit in ihren Gesichtern. Blu gab Roc zu verstehen, wie stolz sie alle auf ihn sind und besonders er, aber vor allem versicherte er ihm den Stolz seiner Eltern. „Wie viele sind gekommen?" wollte Roc wissen. Blu sah ihn ernst an und sagte: „Unzählige, Roc, unzählige." „Gut" sagte Roc. „Lass mich dir etwas zeigen, Blue." Er brachte Blu zum Plateau und zeigte ihm die Stelle an der er sich durch die Nebelschwaden gewagt hatte. Roc blieb zurück und fühlte sich unsicher. Als Blu zurück kam schaute Roc in seine Augen und erschrak über diese eiskalte Leere. Er wandte sich ab, Blu sank auf den Boden nieder und schloss seine Augen. Roc schaute sich über die Schulter und sah wie Blu die Tränen über sein Gesicht strömten. „Welch lautloses, tiefes Leid" dachte Roc. So hatte er Blu noch nie gesehen. An die Felswand gelehnt sah er aus, als wäre er zum Sterben bereit. Fahl, zermürbt, ausgebrannt, ausgelaugt, kraftlos. Die vielen Narben in seinem Gesicht und am ganzen Körper erschienen jetzt viel sichtbarer. Dieser Anblick würde jeden Betrachter davon überzeugen, dass der Tod eine Gnade wäre. Er hörte Blus tiefe, sonore Stimme: „Sie müssen bestattet werden. Wir müssen sie ehrenvoll und würdig bestatten." Roc spürte den Schmerz, aber er konnte nur ahnen, wie Blu zumute war. Blu kannte jeden Einzelnen von ihnen, die da oben brutal mit Eisenhaken durch ihre Unterkiefer aufgehängt waren. Von ihren zerschundenen und ausgeweideten Körpern strömte noch immer genug Blut um das Meer rot zu färben. An den Haken und an Laufschienen wurden sie ringsum an den großen Fangschiffen weitertransportiert bis sie irgendwann im Inneren der Schiffe verschwanden. Alle Schiffe waren mit Flaggen und Fahnen geschmückt, die einen roten runden Kreis auf einer weißen Fläche zeigten. „Die Flaggen der toten Walaugen." „Totes Auge – Totes Auge", sagte Blu. „Es tut mir leid." sagte Roc. Blu wandte sich ab und starrte nur vor sich hin. Er schüttelte den Kopf und wiederholte immer wieder „Totes Auge - Totes Auge" und versank in Gedanken. „Nein Roc", sagte er nach einer Weile, „Mir tut es leid." Lange saßen sie schweigend, jeder in sich versunken mit seinem eigenen inneren Verriss. Roc sagte eher zu sich selbst: „Du hattest immer recht, Blu. Es gibt kein Leviathan. Das schlimmste Meerungeheuer ist der Mensch." Er hörte Blus leise Stimme: "Wie ist dein Plan?" Roc sah überrascht auf, er hatte eher an Aufgabe gedacht, so wie er Blu wahrnahm. Aber nein, in diesen vier Worten war Aufbruchstimmung, war Kampfgeist, war Stärke und Siegeswillen. Er spürte, wie Blu zurück ins Leben kam und es sprang ein Funke von Blu auf Roc über, der einen gewaltigen Steppenbrand verursacht hätte. „Als ich die Gegend erkundete", fing Roc leidenschaftlich an, „bemerkte ich, dass ca. 10 km vor dem Festlandfelsmassiv zwischen einer Steilwand von ca. 9000 Meter Höhe, in ca. 7000 Meter Tiefe eine Verbindung mit der Festlandplatte besteht. Darunter verjüngt sich die Festlandplatte, so dass bei Belastung der Steilwand diese Verbindung als eine Art Kipplager reagieren müsste. Am Meeresgrund wird der untere Teil der Steilwand von einem Plateau gegen-gehalten. Zwischen der Steilwand und dem Plateau liegen ca. 50 Meter, mehr oder weniger, loses Gestein. Blu und jetzt kommt es, dieses Plateau hält die Spannung zwischen den Kontinentalplatten aufrecht." Zwischen Roc und Blu lag knisternde Hochspannung. Tief blickte einer dem anderen in die Augen, ihre Gesichter waren nur wenig voneinander entfernt. Blu war wie gebannt, er wurde immer aufmerksamer, er kannte diese Gegend hier gut, aber nie waren ihm diese geografischen Details aufgefallen. Er wusste vom Pazifischen Feuerring. Der Ort hier lag quasi im Dreieck der Eurasischen Platte, der Pazifischen Platte und der Philippinischen Platte. Blu war zum Bersten angespannt. Rocs anfänglich zittrige Stimme wurde immer ruhiger und bestimmender, als er fortfuhr: „Wir bewegen die Steilwand in den oberen 5000 Metern, sie wird sich über das Kipplager in Schwingung versetzen, wir unterstützen und verstärken mit rhythmischen Bewegungen die Schwingung, bis sie sich von der Verbindung zur Festlandplatte löst und Richtung Festland stürzt. Dabei drückt sie das lose Gestein zwischen sich und dem Plateau am Meeresgrund weg, verschiebt das Plateau und löst die Spannung zwischen den Kontinentalplatten auf." Blu schaut Roc noch tiefer in die Augen. Sie sehen einander an, ohne zu blinzeln. Vor ihrem geistigen Auge sehen sie das Vorhergesagte und keiner verzieht auch nur eine Miene. Blu unterbricht die Anspannung. „Zeig es mir." Und Roc führt ihn zu den beschriebenen Stellen. Blu erkannte sofort die geologischen Formationen, wie sie nicht besser für diesen Plan hätten sein können. Er war völlig überrascht. Mit solch einer akribischen Ausführung und den realen Voraussetzungen hatte er nicht gerechnet. „Was, wenn die Steilwand bricht?" fragte Blue. „Sie hält." sagte Roc. „Und was, wenn der Weg am Meeresgrund zu weit ist und die Steilwand verschiebt das lose Gestein nicht weit genug, um auf die Plateaukante zu treffen?" „Der Abstand reicht." erwidert Roc. Blu wippt mit dem Kopf, blickt Roc ernst in die Augen und sagte: "Roc, wenn das alles so funktioniert, und ich habe keine Zweifel daran, dann wird es eine Reaktion von uneinschätzbarem Ausmaß geben. Ich bin alt und im Alter haben die verzeihenden Momente und die Gnade eine andere Ausprägung, als in der Jugend. Du musst wissen, dass du danach einen Platz als Ratsmitglied der Blus im Rat der Alten erhalten wirst und die möglichen Folgen und Konsequenzen für deine Familie und alle anderen Familien mit zu verantworten hast." Roc nickte zustimmend und selbstsicher. „Aber ich sage dir, auch wenn das Alter müde und weich macht, gnädig und verzeihend stimmt, für das hier, hast du meine volle Unterstützung."

In das berauschende Gefühl, das beide ergriffen hatte, drängte sich ein Signal. „Es kommt von Buc", sagte Blu. „Er führt die anderen hierher. Es gab eine Verzögerung. Sie müssen sich neu formatieren, weil viele in Panik geraten waren, als sie die Stellen des Massakers durchqueren sollten. Viele sind völlig verstört und verängstigt von den Geistlichen, die Leviathan als Schuldigen anprangern und in ihren Familien die Angst verbreiten." Blu schickte seine Eindrücke an Buc und als in dessen Gefolge allen klar wurde, dass die Täter reale Menschen waren und keine mystischen Ungeheuer, ging ein Aufschrei der Wut und kämpferischen Bereitschaft durch sämtliche Reihen und führte zu einem euphorischen Vorwärtsdrang. „Sie werden in Kürze hier sein." sagte Blu. „Ich verstehe", erwiderte Roc und erläuterte Blu seine Vorgehensweise: „Da alle Familienverbände hierher unterwegs sind, müssen die Seiwale, als die leichtesten, den Anfang machen, danach Buc und seine Buckelwale, dann die Pottwale, Finnwale, Glattwale und zum Schluss deine Blauwale, Blu. Wir müssen darauf achten, dass die Schwingung langsam aber kontinuierlich beginnt. Alle schwimmen im Rhythmus der Abschiedsmelodie, die immer von allen Familien nach den Treffen gesungen wird. Sie schwimmen in vier Reihen, jeweils mit 500 Meter Tiefenunterschied, auf einer Länge von 50 km, gegen die Steilwand. Jeder einzelne drückt nicht nur mit seiner Bugwelle, sondern mit seinem gesamten Körpergewicht, gegen die Steilwand. Die ersten Tausend schwimmen nach ihrem Einsatz in die Bucht, in der die Fangschiffe liegen. Sobald diese kentern und sinken, lösen sie alle Familienmitglieder von den Haken und nehmen sie mit ins offene Meer. Wenn alles vorbei ist, bestatten wir sie bei den Großen Weißen. Wichtig ist, dass wir im Rhythmus keine Unterbrechung haben." Roc sank nieder und fixierte einen Punkt in der Ferne. Blu gab die Anweisungen an Buc weiter und dieser instruierte alle anderen Familienverbände, die für die vorgegebene Formation sorgten. „Jetzt können wir nur noch abwarten", sagte Roc. Blu nickte stillschweigend. Gemeinsam tauchten sie zum Meeresgrund an eine Stelle, an der sie die Naht zwischen Steilwand und Plateau überblicken konnten. Während sie noch auf dem Weg waren, hörten sie bereits den Gesang, der sich nähernden Freunde und Verbündeten. Es war eine gespenstische Atmosphäre. Niemanden zu sehen, aber einen Gesang wahrzunehmen, der schöner nicht hätte sein können. Es war überwältigend sich vorzustellen, dass viele verschiedene Familienverbände sich vereinigt hatten, um miteinander für ein Ziel einzustehen. Aber diese klaren, schönen und verzaubernden Klänge zu hören und sich das Ziel vorzustellen, löste eine unheimliche Wirkung auf ihn aus, aber nur für einen kurzen Augenblick, dann kamen Stolz, Mut und Kampfgeist zurück. Die ersten Reihen der Seiwale waren bereits angekommen, jedes Exemplar, 15 Meter lang und 29 Tonnen schwer, hielt sich an die Formation und es rauschte die erste Druckwelle gegen die Steilwand, wie von Roc vorgesehen. Auf 50 km Länge, in vier Tiefen, im Abstand von jeweils 500 Metern. Jetzt ging alles sehr schnell. Am Meeresgrund, bei Roc und Blu, kam eine akustische Mischung von Gesang, tosendem Wasser und knirschendem Stein an. Die Steilwand transportierte zwar die Schallwellen, aber es war kein Ansatz von Schwingung zu spüren. Die Buckelwale, mit ihren ebenfalls 15 Metern Länge und 30 Tonnen Gewicht, kamen gleich nach den Seiwalen und führten die gleichlaufenden Wellen perfekt nach. Als die Pottwale, jeder mit 18 Meter Länge und rund 70 Tonnen, ihre Wellen durch hatten, machte Blu Roc auf ein Zittern im losen Gestein aufmerksam. Und tatsächlich, die Steilwand fing an auf die Druckwellen zu reagieren, nahm sie als Schwingung in sich auf, um sie weiterzuleiten. Bei den auf die Pottwale folgenden Glattwale oder Südkapere, mit 18 Metern Länge und 80 Tonnen

Gewicht, konnten Roc und Blu beobachten, wie die Steilwand das lose Gestein einige Zentimeter bewegte. Plötzlich nahmen sie eine geringe, aber eindeutige Bewegung der Steilwand in beide Richtungen war. „Sie schwingt", rief Roc begeistert und wendete sich Blu zu. Der aber war weg. Roc sah gerade noch, wie er in Richtung seiner Blauwale steuerte. Er will dabei sein, dachte Roc und ich auch. Er spurtete Blu hinterher und dachte, für sein Alter ist er noch ganz schön schnell. Vor Roc tat sich ein unglaubliches Schauspiel auf. Er sah tausende verschiedener Walarten, die in verschiedenen Meerestiefen in Richtung Festland und in Richtung offenes Meer schwammen. Sie schwammen in den besprochenen Formationen und sahen dabei aus wie endlos lange Ketten, deren Glieder Wale waren. Die Druckwellen und Schwingungen, die jede Walfront beim Auftreffen an der Steilwand verursachte, konnten bis weit vor der Küste wahrgenommen werden. Nie hätte Roc solch eine Wirkung erwartet. Jeder Wal, der seinen Weg kreuzte, nickte ihm zustimmend und bestätigend zu. Bei den Blauwalen angekommen, sahen Roc und Blu, dass die Blauwal-anstürme bereits liefen. Sie nickten sich zu und rasten durch die formierten Reihen an den Anfang und schlossen sich dort der nächsten Welle an. Sie konnten nicht wissen, dass zwei Wellen vor ihnen die Blauwale, mit ihren 30 Metern Länge und 120 Tonnen Gewicht, der Steilwand den Rest gegeben hatten und wie Roc den Ablauf beschrieben hatte, traf auch alles ein und zwar exakt bis zur Entspannung der Kontinentalplatten.

*

Das daraus resultierende Szenario allerdings, unterlag seinen eigenen schrecklichen Gesetzen und niemand hätte es annähernd einschätzen können. Durch die hohen Springfluten, die die fortwährenden Druckwellen und Bugwellen ausgelöst hatten, waren die Fangschiffe in der Bucht längst schon gekentert und gesunken. Die bereitstehenden Seiwale schafften es nicht, die toten Walkörper von den Haken zu lösen. Das Meer wogte in gewaltigen Schüben hin und her, riss die gesunkenen Schiffe aus der Bucht heraus, um sie im nächsten Moment wieder mit aller Gewalt in die Bucht hinein zu schleudern. Die Seiwale mussten sich um sich selbst kümmern, um nicht zwischen den tonnenschweren Eisenschiffen zu Tode zu kommen. Einige wurden schwer verletzt, von anderen aber ins sichere offene Meer gebracht. Das Meer türmte sich zu meterhohen Wassersäulen auf, lange riesige Wellen brachen über sich selbst und verursachten überall mächtig tosende Wirbel. Als die Steilwand brach und Richtung Festland kippte, wischte sie das lose Gestein am Meeresgrund einfach weg und krachte gewaltig auf die Stirnseite des Plateaus. Dieses gab nach und erhielt zunächst viele kleine und große Risse, zersprang dann in mehrere große Teile und stürzte leicht in sich zusammen, weil sich darunter großflächige Hohlräume und flüssiges Vulkangestein befanden. Dieser Zusammenbruch über viele Kilometer, hob die Spannung zwischen den Kontinentalplatten auf und in den nächsten Sekunden schob sich eine Platte meterweit über die andere. Es war ein gigantisches Zittern und Beben. Ein tiefes, langes Grollen setzte ein und übertönte das tosende Wasser. Das Geräusch von übereinander rutschenden gigantischen Steinflächen, erschien wie ein gewaltig befreiender Urschrei der Natur. Der Gesang tausender Wale verstummte abrupt. Für einen Moment schien alles still zu stehen. Plötzlich wogte das gesamte Meer und zog sich weit zurück, Richtung Meereshorizont. Dann ging plötzlich alles rasend schnell, einige Wale entgingen nur knapp einer Strandung. Sie eilten alle dem entfliehenden Meer hinterher, um in die Weiten und Tiefen des Ozeans zu gelangen. Noch nie hatte es ein solches Walgewimmel gegeben. Sie schwammen so schnell sie konnten, als das Meer sich für einen kurzen Augenblick fast still verhielt, um dann mit tiefem Dröhnen zurück, Richtung Festland, zu rauschen. Viele der Wale wurden jetzt wieder mit zurückgerissen, andere stemmten sich mit aller Kraft dagegen, doch das gewaltig vorstürzende Meer zog sie dennoch mit sich. Es war eine unvorstellbare Kraft, der sich nichts und niemand hätte entgegensetzen können, selbst nicht die größten und schwersten Wale. Erst, nach vielen Kilometern schwimmender Höchstleistung, spürten die fliehenden Wale das abrupte Nachlassen der Sogwirkung und langsam fanden und versammelten sich die verschiedenen Familienverbände. Von überall kamen die gleichen Schilderungen über das Erlebte. Roc und Blu trafen sich, wie viele andere, nahe der Oberfläche. Sie sprangen mit gewaltigen Sprüngen durch die spiegelnde Begrenzung und sahen Richtung Festland eine Wasserwand, höher als mehrere Längen aneinandergereihter Buckelwale. Erschöpft, aber zufrieden, trennten sich die Familien und begannen ihre Heimreisen. Roc schwamm neben Blu in das tiefe, jetzt friedlich wirkende, Blau des Meeres hinab. Sie hörten die Gesänge, der sich entfernenden Familien. Da Roc nicht gerade *der* Sänger war, genoss er die Heimreise als Zuhörer. Er schwamm neben Blu, hing seinen Gedanken nach und nahm die stärkende und beruhigende Wirkung dieser wunderschönen Klänge in sich auf. Plötzlich aber tat sich für ihn eine besonders klare Stimme hervor. Roc lächelte und schwamm freudig in ihre Richtung.

Keinem der abertausend Wale war bewusst, dass sie sich von der Insel Honshu, an der Nordostküste Japans, entfernten und sie dort mit ihrer gemeinsamen Aktion die schlimmste Naturkatastrophe seit Menschengedenken auslösten.

Und hätten sie es wahrgenommen, hätte es keinen gekümmert, dass sie mehrere schwerste Erdbeben und einen Tsunami ausgelöst hatten, die noch nie so gewaltig und in einem so zerstörerischen Ausmaß auf diesem Planeten vorgekommen waren. Und es hätte sie auch nicht gekümmert, dass dabei ein Großteil des Landes von „Totes Auge" verwüstet wurde und eine atomare Verseuchung auf tausende von Menschenjahren begonnen hatte.

***

Loretta

Bei Loretta gehen Freunde und Freunde der Freunde ein und aus. Einige bringen Zutaten für manchmal einfache und manchmal ausgefallene, kulinarische Speisen, andere bringen bewusst ausgewählte feuchte Gaumenfreuden mit.

Für jeden scheint aber das Wichtigste zu sein, dass er Lorettas Nähe erleben darf. Mit ihr Zeit zu verbringen oder auch nur ihr Lebensumfeld wahrnehmen zu dürfen, verursacht ein Versinken in das Nachempfinden, wie ein Sonnenstrahl langsam den frostigen Boden aufbricht und unaufhaltsam die harte eisige Kruste zum Aufgeben zwingt, wie mehr und mehr sich die eingeschlossene Luft zwischen Frost und Erde im Sonnenlicht erwärmt und seinen Aggregatzustand ändert. Wie sie sich langsam befreit und losgelöst im Äther mit einem unsichtbaren Quell verbindet und man vorherzufühlen in der Lage ist, wie die zurückbleibende Nässe, die im Boden beharrlich wartenden Pflanzenwurzeln nähren wird.

Wenn Loretta mit Menschen spricht, verliert der Hektische seine Eile, der Nervöse seine Unruhe, der Gestresste seine Anspannung und der Verzweifelte seine Angst. Masken, Souveränität, Überlegenheit, Macht und Eitelkeiten fallen von den Menschen ab, wie das Herbstlaub von den Bäumen. Die feinsten Verästelungen des Menschseins werden sichtbar freigelegt und manchem, auch nach mehrmaligen Besuchen, raubt es dabei noch immer den Atem, wenn er seinem Selbst gegenüber steht.

Loretta versucht nicht Seelen zu berühren, die Seelen versuchen Loretta zu berühren.

Heilende Entspannung durchflutet alle ihre Lebensräume. Lorettas Lachen lässt die Augen ihrer Besucher leuchten und in kristallklare Bergseen verwandeln, in denen sich göttliche Güte und Nachsicht spiegeln, frei werden und für jeden aufnehmbar sind.

Nicht jeder Besucher bekommt Loretta zu Gesicht, dennoch genügt ein Aufenthalt in ihren Lebensräumen, um bei jedem ein ehrliches und verzaubertes Lächeln auszulösen. Es reicht, dass die Besucher neuen Lebensmut spüren, es reicht für das Gefühl der eigenen Stärke und um sich wieder auf das Wesentliche besinnen zu können. Und es reicht für Glücksgefühle, Freude und Demut, für tiefe Zufriedenheit und inneren Frieden, es reicht für die Erkenntnis zu leben.

Nie kommen zu viele Besucher zur gleichen Zeit. Auf wundersame Weise reguliert sich deren Anzahl von selbst. Die besondere Atmosphäre von Willkommensein, von Zugelassenwerden, von Verstandensein, von Wohlwollen und von Liebe geht nie verloren. Die Menschen halten instinktiv die notwendige Balance. Niemand will die Gefahr der Störung oder des Verlustes eingehen.

Ein Netz von hochsensiblen Feinfühligkeiten legt sich über die Menschen und verbindet sie zutiefst miteinander. Jeder Einzelne fühlt die Kraft der menschlichen Gemeinschaft und die Zuversicht durch seelische Verbundenheit.

Schweigend und ohne Gram verabschieden sich Besucher und überlassen anderen ihren Platz, froh und dankbar darüber, diesen Ort kennen und teilen zu dürfen.

Ausnahmslose Begeisterung herrscht über Lorettas Kochkunst, über ihre behände Leichtigkeit im Umgang mit Küchenarbeiten. Jede Bewegung sitzt, schnell und präzise wird entschieden, alles scheint ineinander zu fließen. Viele Dinge passieren gleichzeitig, als würde ein Stab von Köchen assistieren, aber nein, es ist ganz alleine Loretta. Sie lässt sich gerne bewundern, geniest lächelnd die zufriedenen Gesichter und die ehrlichen Komplimente.

An manchen beschaulich sonnigen Nachmittagen, wenn die Sonne eine milde, wohltuend wärmende Atmosphäre schafft und die Räume in honigfarbenes Licht taucht, ist in Lorettas Augen ein ganz besonderer Glanz. Dann, wenn sie sich im Kreise von Kindern befindet und eine Geschichte vorliest. Wenn sich ein Kleinkind mit seinem Daumen im Mund verträumt am Boden räkelt und sie in seine zutraulichen und erwartungsvollen Augen blickt. Wenn Loretta das Vertrauen der Kinder spürt und eines zu ihr kommt, sie mit warmen, glänzenden Augen anschaut, ihr mit seinen kleinen

Händen über die Haare und das Gesicht streichelt und sich an sie kuschelt, dann steht für einen Moment die Welt still, weil sich Herzen berühren und Seelen begegnen.

Vergessen sind dann Fragen und Eindrücke wie, wer die Rutschbahnen und die vielen ungewöhnlichen Halterungen in Lorretas Küche gebaut hat, wozu Loretta einen Kran in ihrem Badezimmer braucht, wie sie das Licht an und ausschaltet, warum sie keine Beine hat, warum ihr Körper unter der Hüfte nicht weitergeht und wie die Holzplatte, mit den vier Lenkrollen, an ihr befestigt ist.

***

Das Seelen-Prinzip

Unsere Seelen sind auf ständige Reifung und Weiterentwicklung ausgerichtet und kreieren sich die entsprechenden Wege, auf denen sie die dafür notwendigen Erfahrungen machen wollen, im Vorhinein, selbst. Nachdem wir durch unsere Geburt in das Bewusstsein Mensch übergegangen sind, wird unser Seelenplan in den Hintergrund gedrängt, durch den massiven Einfluss fester Traditionen und deren Ängste auf das junge Leben. Lernen wir, die Ängste als Erfahrungsschritte zu sehen und sie zu akzeptieren, dann werden wir verstehen, dass, je freier von Angst wir leben und je weniger Angst wir im Leben anderer verursachen, desto mehr treten der Seele Vorhaben wieder in den Vordergrund und wir erkennen, dass alles Erlebte und noch zu Erlebende seinen (Seelen)Sinn hat.

Dabei liegt es in der Natur der Sache, dass sich bereits reifere oder eben noch sehr junge Seelen auch schon mal eine beträchtliche Entwicklungsspanne für einen einzigen Lebenszyklus vornehmen. Der Menschen potentielle Vielfältigkeit entspricht der unendlichen Farbenpracht eines Kaleidoskops.

Total Normal oder Simone steht mal wieder völlig neben sich

Natürlich ist Sabine *nicht* auf dem Spielplatz. Wie könnte es auch anders sein. Man kann sich eben nicht auf sie verlassen. Aber dieses Mal setzt es was. Und ich setz´ mich jetzt hierher und rauch erst mal eine. Viel zu hastig ziehe ich an der Fluppe. Der erste Zug schmerzt. Er schmerzt eigentlich jedes Mal in der Lunge und jedes Mal muss ich einen Hustenreiz unterdrücken. Den Gedanken, dass das Rauchen vielleicht nicht meine Sache sein sollte, ignoriere ich mit dem nächsten Hustenanfall. Und die nächsten Züge gehen ja auch schon wieder besser. Durch den Qualm meiner Zigarette sehe ich ein paar Meter weiter eine junge Frau und ein älteres Paar mit einem Kinderwagenbuggy oder Buggykinderwagen oder Monster-Kinder-Aufbewahrer, eben so ein riesiges, total stabiles Ding. Am Handbügel ist ein Laufrad eingehängt. Dessen Besitzerin geht gerade mit ihrem Papa auf eine Gruppe von Federwippen zu. Irgendeiner hatte die Idee, riesige Stahlfedern in den Boden zu zementieren, aus Holz eine Tierfigur mit Sitz und Haltegriffen obendrauf zu montieren und Kinder von Null bis langweilig wippen sich bis zur Benommenheit, in ruckartigen Bewegungen, vor und zurück.

Ich erinnere mich, Sabine war gerade 9 Monate, von Laufen keine Spur, aber krabbeln wie eine Rakete, als sie von uns zwar beobachtet, aber in ihren Aktionen unseren

Reaktionen weit voraus, sich an einem der Wipp-Dinger hochzog und sich kniend so wild vor und zurück bewegte, dass sie, bevor sich einer von uns mit weit aufgerissenen Augen erhoben hatte, kopfüber durch zwei Wipp-Holzhasenohren in den Sand katapultiert wurde.

Im stabilen Buggy also, der als Transportmittel für weiteres Spielgerät, Verpflegung und diversen Artikel der Kinderpflege dient, liegt bereits der Nachkomme vom Nachkommen (ja klar, stammbaumtechnisch nicht korrekt). Das ältere Paar müssten die Großeltern sein. Sie bekommen von der jungen Mutter in allen Details die Entwicklungszwischenstände und möglichen Fortschritte bzw. Fortschrittsmöglichkeiten der beiden Kleinen erläutert und prognostiziert, während die älteren Herrschaften mir, über die schmalen Schultern der jungen Mutter hinweg, mit immer wiederkehrenden, verächtlichen Blicken beim Rauchen zuschauen. Ihre Blicke verraten, dass sie es sich nicht entgehen lassen wollen, wie und wohin ich die Kippe entsorge, hier auf dem „Heiligen Platz" der Kleinen. Ich nehme einen tiefen Zug, obwohl ich weiß, dass er schmerzen wird.

Der Papa an den Federwippen ist von seiner kleinen Tochter völlig begeistert. Das Kind kann bereits frei laufen und rennen, auch die Wippen bedient es, wie vom Erfinder geplant. Papa ruft zur Mama, immer und immer wieder, ohne Unterbrechung und nach und nach schriller werdend, bis er nur noch völlig konsterniert ruft: „Schau doch nur, wie wild. Wie wild, schau, wie wild. Hast du gesehen, wie wild. Hast du?" ER sieht es zwar, aber noch bevor er reagieren kann, lassen die kleinen Händchen los und das Kind fliegt rücklings, sich halb überschlagend, von der Wippe in den Sand. Papa, dem der Schreck die gesamte Körpermotorik blockieren lässt, kommt nur ein „Sara nicht so wild" über die blutleeren Lippen. Das energisch vorwurfsvolle „Mensch Peter, pass doch auf", von Mama treibt ihm aber wieder das Blut ins aschfahl glänzende Gesicht. Seine Wangen scheinen zu glühen und auf seiner bleichen Stirn vereinen sich bereits die ersten Schweißperlen. Einen kurzen Moment erschauere ich über die Dynamik und Aggression in der Stimme der Frau, die so gar nicht zu dieser zierlich, zerbrechlichen Person passen. Ich blase Rauch aus. „Ja Muttischatz", höre ich seine zittrige, fast versagende, Stimme sagen. Den Blicken der Großeltern weicht er bewusst aus, indem er sich ganz tief in den Sand kniet, den Kopf und die Schultern weit möglichst nach unten zieht und sich der Kleinen zuwendet, die wie erstarrt in ihrer Rolle rückwärts noch immer im Sand liegt. „Oh, mein Gott", denke ich, „du arme Sau." Als er das Kind wieder in eine Kopf-nach-oben-Lage gebracht hat, treffen sich unsere Blicke und ich erschrecke über die Furcht und Hilflosigkeit in seinen Augen, die sich gerötet abheben von den blutleeren Augenrändern in seinem hochroten Gesicht und auf mich irgendwie fiebrig wirken.

Und das jetzt schon, ist nur der Anfang, denke ich, und nehme gar nicht war, dass wir uns nun seit Sekunden anstarren. Was sieht er? Die Überbleibsel der gleichen Verzweiflung? Nur Jahre später. Oder die Bestätigung der eigentlich durch Überlastung und Überforderung erklärbaren Niedergeschlagenheit, die aber so nie erklärt werden darf? Jetzt nicht und auch Jahre später nicht. Oder das Resultat aus unendlich vielen Pflichten, die aus unendlich vielen Meinungen entstehen, die eigenen Vorstellungen, die unter gehen in Argumenten über Konfessionen und Klischees, ständig den unterschwelligen Vorwurf zu spüren, dass der eigenen Jugend die wertvolle Reife fehlt, um richtige Entscheidungen zu treffen, der Reife, mit der das Alter alles besser, souveräner, gelassener und zukunftssicherer macht und im Prinzip und überhaupt ohne Zweifel, erziehungstechnisch das Prädikat besonders wertvoll verdient. Was ein Rotz. Noch immer halten unsere Blicke Stand. Interpretiert er meinen Blick als Mitleid, als Mitgefühl und erwartet stille Anteilnahme oder tröstendes Verständnis? Ich ziehe an der Fluppe und schaue weg.

Sehe rüber zur Babyschaukel. Ohne erkennbare Aufsicht sitzt ein etwa 2-jähriges Kind im Schaukelsitz mit rundum zur Sicherheit angebrachten Holzstäben. Es hängt eher mit dem Sitz an den Kettengliedern, als dass es schaukelt. Das Kind schaut fast apathisch vor sich hin. So wie es da hängt erinnert es mich an Sven, den Nachbarsjungen von Jürgen und Adele. Der gleiche rote Haarschopf und das bleiche

Gesicht, von allen und allem angeödet, keiner Motivation folgend, aber immer nörgelnd und kritisierend an dem, was andere bewerkstelligen. Nur auf Störung aus und oft auch mit Handgreiflichkeiten in der Kindergrippe oder im Kindergarten. Dauernde Ausschlüsse aus Gemeinschaften und endlose Beschwerden anderer Eltern. Beim Samstagnachmittag-Bier sagte Jürgen oft zu mir: „Uns hat es knüppeldick erwischt. Wir haben einen Tyrannen gezeugt und in ein paar Jahren werden wir ihn bestimmt in der Jugendvollzugsanstalt besuchen müssen. Und Adele wird bis dahin wahrscheinlich durchgeknallt sein." Mit einem mir unerklärlich schlechten Gewissen erwiderte ich dann: „Ach was, komm, doch nicht die JVA, du übertreibst. Das sind die Kinder von heute, das ist total normal." Und dennoch, die Storys, die er mir erzählte und die psychische Belastung, die Adele dadurch erlitt, hielten Simone und mich einige Zeit von der Umsetzung unserer Familienplanung ab. Vor der Einschulung von Sven zogen Jürgen und Adele weg. Und viele Eltern aus der gemeinsamen Kindergrippe und dem Kindergarten gaben offen zu froh darüber zu sein, dass ihren Kindern nun dieser Kontakt erspart bliebe. Zwei Jahre später wurde Sabine geboren. Simone und Adele hatten nur noch wenig telefonischen Kontakt. Nachdem Adele Simone erzählte, dass bei Sven ein sehr hoher IQ festgestellt wurde, rief sie nicht mehr an. Vielleicht war sie gekränkt, weil Simone sich vor lauter Lachen nicht mehr beruhigen konnte. Selbst als ich ihr von Jürgens Bedenken bezüglich der JVA erzählt hatte, konnte sie nicht innehalten.

Ich hatte gar nicht bemerkt, dass ich mir eine weitere Zigarette angezündet hatte. Durch den ausgestoßenen Qualm höre ich: "Hallo Klaus. Simone sagte, dass ich dich hier finden könnte." „JVA? sag mal Alter hast du was getrunken? Was ist los mit dir? Ich rede schon seit drei Minuten und du erwiderst nur Blödsinn".

„Ich sagte DRK. Sven ist dort Zivi und veranstaltet mit seiner Band ein Benefizkonzert, hier in der Freizeithalle. Adele, Simone und Sabine warten schon."

Jürgen stand da und riss mich aus meinen Gedanken. Jetzt erinnerte ich mich. Simone sagte Adele habe angerufen, sie und Jürgen kommen heute Nachmittag vorbei. Sie wollten uns wegen ihrem Sven etwas sagen, rückte am Telefon aber nicht mit der Sprache raus. Simone meinte, dass sie wegen Adele ein seltsames Gefühl hätte. „Hol doch bitte Sabine vom Spielplatz", sagte sie mit nachdenklicher Stimme und seltsam abwanderndem Blick. „Und sie soll sich die nassen Sachen ausziehen." Beim Rausgehen dachte ich „Nasse Sachen, Spielplatz? dort gibt es doch gar kein Wasser. Mannomann, Simone steht mal wieder völlig neben sich."

„Simone und Sabine warten schon", hörte ich Jürgen abermals. Ich nehme einen tiefen Zug, Lungenschmerz, egal. Ich blase Rauch aus, biete Jürgen eine an, obwohl ich weiß, dass er noch nie geraucht hat, Leistungssportler und so, Bundes-Schwimmerauswahl und immer viel BlaBlaBla. In sein Kopfschütteln hinein sage ich: „Aber Simone sagte doch, ich solle Sabine vom Spielplatz holen."

Ich sehe wie Jürgen die Augenbrauen hochzieht, ich mochte das früher schon nicht, wenn er dann mit einem total normalen, klugen und unumstößlichen Argument den Diskussionserfolg für sich verbuchte. Klugscheißer und Wichtigtuer, schießt es mir durch den Kopf. Aber anstatt es ihm ins Gesicht zu brüllen, ziehe ich noch mal an der Fluppe und schüttle, mehr in mich hinein, den Kopf. Tief inhaliere ich das Gift und blase kaum merklich den Rauch aus. Jürgen beugt sich zu mir herunter und schaut mir in die Augen. Sein Gesichtsausdruck hat etwas Theatralisches als er mich fragt: „Spielplatz?!?" Und dann: „Sabine war bei ihrer Freundin, bei euch um die Ecke, zwei Häuser weiter, bei den Fielpatzers, die mit den Drillingen und dem Pool, Hallooo?!?"

**

47

Der Alte und der Junge

In einer der kältesten Winternächte in der Weihnachtszeit 1873 wurde in eisig klirrender Kälte, in den Bergen der italienischen Schweiz, an der mit Eis verkrusteten Holztür eines alten Gutshauses, in einem hoch gelegenen Bergdorf, ein Findelkind abgelegt. Der Junge, der an starker Unterkühlung litt, überlebte diese Nacht und entkam wie durch ein Wunder dem Erfrierungstod. Die Pflegeeltern, die selbst keine leiblichen Kinder hatten, boten dem Jungen in aller Stille, mit wärmender Liebe und großer Herzlichkeit, eine Obhut.

Der Junge wuchs körperlich gesund heran, aber seltsamerweise gab er nie einen Laut von sich, kein Ton, kein Lachen oder Weinen kam jemals über seine Lippen. Allein durch seine Blicke mit den sanften dunklen Augen und seine vertrauensvolle Art, körperlichen Schutz zu suchen, indem er sich bei seinen Pflegeeltern und dem Vater der Pflegemutter, seinem „Großvater", anschmiegte und sich an sie kuschelte wann immer es möglich war, gab er ihnen bald das Gefühl diese Suche nach Nähe auch untereinander zuzulassen und sie intensiv auszutauschen und jeder empfing dadurch ein tiefes Gefühl von Zufriedenheit und Dankbarkeit.

Seine Sprachlosigkeit führten die Erwachsenen auf die starke Unterkühlung zurück, die er in der Winternacht vor ihrer Haustüre erlitten hatte. Nach und nach verständigten sie sich mit ihm in einer aus der Hilflosigkeit heraus entstandenen Zeichensprache. Mit der Zeit aber wurde diese ungewohnte Verständigung für alle völlig normal und manchmal verständigten sich die Erwachsenen im Alltag untereinander auf diese Weise ohne sich dessen bewusst zu sein. Fiel es ihnen aber plötzlich auf, mussten alle herzlich lachen und umarmten sich.

*

Das junge Paar war erst wenige Jahre zuvor aus der Stadt hierher in die ländliche Abgeschiedenheit gezogen. Nach dem plötzlichen Tod der Eltern des Mannes übernahmen sie Haus und Hof. Es gab keine Geschwister und der Sohn hatte sich mit seinen Eltern kurz vor ihrem Tod zerstritten, weil er andere Ansichten zur Landwirtschaft hatte und aus diesem Streit heraus in die Stadt zog. Seine Eltern kamen tragisch ums Leben, als sie die Milchkühe von den hochgelegenen Sommeralmen herunter trieben und ein plötzliches Unwetter über sie hereinbrach. Es kam innerhalb von Minuten zu extremen Regenfällen, wobei sich die Milchkühe nicht mehr kontrollieren ließen. Die sintflutartigen Wassermassen rissen die Erde auf und schwemmten große Teile knietief einfach weg. Mensch und Tier wurden in tiefe Gräben geschwemmt und dort durch die Wasserkraft festgehalten, bis sie ertrunken waren. Erst Tage später, als das Wasser versickert war, konnten die Tierkadaver und die

Leichname der verunglückten Menschen unter der massiven Schlammschicht geborgen werden.

*

In der Stadt lernte er seine Frau kennen, die durch ihren eigenen Bruder, der den elterlichen Hof übernommen hatte, weggeschickt wurde, weil sie zu dominant, nach den Worten ihres Bruders, zu vorlaut, in landwirtschaftlichen Angelegenheiten auftrat und er dadurch bei seinen Bauernkollegen belächelt wurde. Nach dem Kirchgang und dem traditionellen sonntäglichen Stammtischbesuch im Wirtshaus brach er zuhause einen Streit vom Zaun und verwies seine Schwester vom Hof. In der Stadt fand sie eine Anstellung bei einem Futtermittelvertrieb, wo sie ihren zukünftigen Mann kennenlernte.

*

Bei der notariellen Übergabe erfuhr das junge Paar von den Bankschulden seiner Eltern. Trotz der unerwarteten Höhe der Bankverbindlichkeiten entschlossen sie sich dazu das Gut zu übernehmen. Außer einigen Saisonarbeitern konnten sie aber niemanden beschäftigen und waren völlig auf sich alleine angewiesen. Ihr Vater, der als Kriegsinvalide bei ihnen lebte, unterstützte sie mit seiner kleinen Versehrtenrente so gut er konnte. Als nun der kleine Junge auftauchte, entschieden sie zu dritt, dass ihr Vater den Jungen über den Tag betreuen und versorgen würde.

Carlo, jetzt plötzlich Großvater, war 1847 im Gefecht von Airolo Dirigent des Armee-Orchesters der Schweizerischen Eidgenossenschaft. Unglücklicherweise erlitt der damals 50-jährige durch eine verirrte Gewehrkugel eine lebensgefährliche Kopfverletzung, wodurch er sein Gehör verlor. Da er aber mit Leib und Seele Musiker war, befasste er sich während der langen Genesungsphase und danach, wenn es die landwirtschaftliche Arbeit zuließ, intensiv mit dem Musizieren und der Komposition von Musikstücken. Mit seinem Sohn hatte er seit Jahren jeglichen Kontakt abgebrochen, nachdem dieser seine Schwester davongejagt hatte und ihn als Gutsbesitzer mithilfe des Notars und dem Bankdirektor als tot erklären ließ, als er in den Kriegswirren einige Zeit verschollen war. Nach seiner Rückkehr entschied das Amtsgericht über eine kleine Leibrente, die sein Sohn ihm zu erstatten hatte. Natürlich hatte dieser sich entsprechend der Bankberatung weiter verschuldet und so fiel die Leibrente für Carlo eher bescheiden aus. Carlo war nie der geborene Landwirt gewesen, dafür aber seine verstorbene Frau. Sie führte und regelte erfolgreich sämtliche landwirtschaftlichen Aufgaben. Er half ihr so gut er konnte, aber sie befürwortete eher, dass er seiner Berufung des Musizierens nachging. Leider starb sie im Kindbettfieber und mit ihr das dritte gemeinsame Kind.

*

Für seine Tochter, seinen Schwiegersohn und die Menschen im Dorf war es ein Rätsel und ein Wunder wie Carlo ohne Gehör so wundervolle Musik zustande bringen konnte. Zum Erstaunen aller kam noch hinzu, dass er nach seiner Genesung eine wundervolle, klare und feste Singstimme entwickelte. Die Dorfbewohner, die das alles mit großer Verwunderung mit erlebten, erklärten sich das Mysterium damit, dass Gottes Wege unergründlich seien und sie bestätigten sich dies gegenseitig bei jeder Gelegenheit mit hochgezogenen Augenbrauen und bedächtigem Zunicken. In Nächten, in denen der Junge unruhig schlief und von Albträumen geplagt wurde, legte sich der alte Mann nahe der Bettkante zu ihm und sang leise, bis er nach dem Jungen selbst in einen ruhigen, tiefen Schlaf fiel.

*

Im Dorf gab es eine kleine Bergkapelle und die Gottesdienste darin erhielten durch den Gesang des Alten etwas ehrfurchtvoll Heiliges. Die Augen des heranwachsenden Findelkindes glänzten und strahlten dabei. Niemanden im Dorf wunderte es, dass er keinen Namen hatte und jeder ihn „Junge" rief oder, wenn über ihn gesprochen wurde jeder ihn "Der Junge" nannte.
Der Großvater fand über das Singen und Musizieren einen Weg zum Herzen und zur Seele des Jungen und es entstand eine vertrauensvolle, starke und innige Beziehung zwischen ihnen.

Der Junge wuchs in harmonischer Ruhe und friedvoller Behutsamkeit auf. Er entwickelte eine hohe Sensibilität für die Musik, sodass er sehr schnell und mit großer Leichtigkeit alle Stücke des Großvaters auf verschiedenen Musikinstrumenten nachspielen konnte ohne die Noten lesen zu können. Einige der Dorfbewohner waren so begeistert von den beiden Musikern, dass sie ihnen die unterschiedlichsten Musikinstrumente zur Verfügung stellten. Sie liehen sie ihnen, meist mit der Begründung, sie kämen im Moment selbst nicht zum Spielen.

Die Liebe zwischen dem alten Mann und dem Jungen entwickelte sich zu einer immer tieferen Verbundenheit. Sie waren unzertrennlich und die Menschen im Dorf lachten und weinten, wenn sie die beiden musizieren hörten. Unter sich nannten die Dorfbewohner die beiden nur den alten Tauben und den jungen Stummen. Und sie waren zu Tränen gerührt, als sie den Jungen an seinem achten Geburtstag zu Weihnachten in der Bergkapelle aufspielen hörten. Sein Spiel hatte etwas magisch Schönes, es füllte jeden Raum mit reiner Unschuld, beseitigte Bosheit und Zweifel und drang mit Wucht in jedes Herz. An solchen Abenden blieben viele der Zuhörer noch sehr lange auf ihren Plätzen sitzen und ließen die aufgenommene Macht tief in sich nachwirken. Stille Tränen flossen und Zerstrittene gaben sich nicht selten versöhnlich die Hände.

In den folgenden Jahren wurde der Großvater immer kränklicher und musste eines Tages ins Krankenhaus in die Stadt. Der Junge wich keine Minute von seiner Seite. Am Krankenbett erfuhr er vom baldigen Tod des geliebten alten Mannes. Die folgende Zeit erlebte der Junge in großem Leid und weinte Tage und Nächte durch. Niemand vermochte ihn zu trösten.

Eines Tages, als der Großvater erwachte, seine Hand den Jungen berührte und seine Stimme fest und klar in einem Lied erklang, glänzten und strahlten die Augen des Jungen. Gleichzeitig jedoch spürte der Junge, dass er nun Abschied nehmen musste.

Es wühlte ihn innerlich so auf, dass er kaum noch atmen konnte, sein Herz schlug wie wild in seiner Brust, seine Augen begannen zu flimmern und um ihn herum tanzten Sterne. Er sah in die klaren, vertrauenden Augen des alten Mannes, seine wundervolle Stimme durchflutete ihn in wohligen Wellen und er spürte, wie der Boden unter seinen Füßen schwand. Plötzlich hörte er eine zweite Stimme, die ebenso fest und klar war, wie die des geliebten Alten. Erst nach einer Weile wurde ihm bewusst, dass aus ihm selbst diese Stimme entwich. Sie war so voller Gefühl und Liebe, als käme sie von einem Engel. Carlo Caruso dessen Gesicht jetzt strahlte, als spiegele sich das schönste Abendrot in ihm, wandte sich dem Jungen zu und in seinen leuchtenden Augen sah der Junge die endlosen Weiten der offenen Ozeane und Meere und er erkannte, wie ein altes

Segelschiff in göttlichem Licht heimbegleitet wurde. Carlo strich über die Hand des Jungen, umfasste seinen Unterarm und zog ihn sanft zu sich herunter, küsste ihn auf die Wange und flüsterte ihm ins Ohr, während das Leben aus ihm wich:

„Dein Name soll Enrico sein."

***

Lui im Tal der Wasserquellen

Eines Tages, Lui hatte mal wieder verschlafen, suchte er wie gewohnt die Treffpunkte seiner Freunde auf. Aber nirgends war auch nur einer seiner Kameraden zu sehen. Immer aufgeregter schwamm er weiter und suchte alles ab. Plötzlich, wie eine übergroße Algenstaude, hing vor ihm ein riesiges Fischernetz, zum Bersten voll mit all seinen Freunden und vielen anderen. Erschrocken verharrt er auf der Stelle und beobachtet das im Wasser schwer und träge hängende Gefängnis seines ganzen Schwarmes. „Gefangen", denkt Lui „aber von wem?"

Je näher er an das riesige Netz schwamm, sah er, dass noch mehr solcher Gefängnisse im Wasser hingen. Er hörte die verzweifelten Hilferufe seiner Freunde und das laute Wehklagen ihrer Familienangehörigen. Er konnte gar keinen klaren Gedanken fassen und schwamm zurück ans Ufer. In sicherer Entfernung und im Schilfgras versteckt, versuchte er einen klaren Kopf zu bekommen. Was war geschehen, in der kurzen Zeit einer Nacht? Lui zwang sich zur Ruhe und dachte nach.

Ihm fielen die Erzählungen der Alten ein, wenn sie um das Lagerwasser saßen. Sie erzählten, dass gewaltige Fischerboote unterwegs wären um alle Karpfen zu fangen. Die Meere um das Tal der Wasserquellen sollten bereits Karpfenleer gefischt sein. Eine Erklärung dafür, warum alle

Karpfen gefangen werden sollten, hatte niemand. Nur welche Katastrophe es auslösen würde, wenn die Karpfen aus dem Tal der Wasserquellen verschwinden würden, das wusste jeder.

Lui schwamm nervös und aufgeregt am Ufer hin und her. Er musste seine Schuppen kühlen um einen klaren Kopf zum Nachdenken zu bekommen.

Immer wieder spähte er vorsichtig über die Wasseroberfläche, hin zu den Gefängnissen und den mächtigen Karpfenfängerschiffen. Lui sah, wie die Netze langsam aus dem Wasser hochgehievt wurden. Unter der schweren Last knarrten und ächzten die Lastenkräne. „Jetzt oder nie, Lui", sagte er zu sich selbst und schwamm mit kräftigen Flossenschlägen in Richtung des größten der Schiffe. Er dachte nach, wie er wenigsten einige seiner Freunde retten könnte. Er würde die Netze durchbeißen, sich aus dem Wasser hoch katapultieren und die Haken der Fangnetze lösen, er würde ein Leck in den Rumpf der Schiffe rammen, dass sie sinken mussten.

Je mehr solcher Gedanken ihn heimsuchten, desto langsamer schwamm er auf die Fangschiffe zu. Er bekam Tränen in die Augen, weil ihm bewusst wurde, dass er eigentlich gar nichts machen konnte. Sie waren verloren. Alle. Und er? Sollte er hier alleine leben? Sollte er sich verstecken? Mit ansehen, wie alle seine Freunde und Familien verschleppt werden? Sich ewig Vorwürfe machen, nicht geholfen zu haben, egal ob er hätte helfen können oder nicht? Hätte er nicht verschlafen, wäre er jetzt wenigstens mit seinen Freunden gefangen. „Ja, Lui, der Faule, hat auch noch das Glück, oder was?" mit diesen quälenden Selbstzweifel kam er völlig zum Stillstand.

Bewegungslos schaute er hinüber zu den Fangschiffen. Etwas funktionierte nicht. Die Netze wurden nicht weiter hochgehievt. Stillstand auf beiden Seiten, dachte Lui. Es ergab sich ein Augenblick zum Nachdenken. Eine seltsame Ruhe ergriff sein Gemüt und sein Blick wanderte über die Wasseroberfläche, über die herrlichen Seeufer und hoch ins Gebirge, das den See rundherum einschloss. Bis auf jene schmale Furt, die die Verbindung zu allen Meeren war. „Wie konnten diese Karpfenfänger nur dieses Nadelöhr finden?" dachte Lui.

Plötzlich vernahm er eine Stimme, die ihm sehr vertraut war. Mit Tränen in den Augen und großem Herzschmerz sagte Lui ganz leise: „Wer ist da, Großvater bist du das?", verwundert schöpfte er Hoffnung und fragte: „Was soll ich tun?" Aber er bekam keine Antwort. Höchst angespannt lauschte er, aber die Stimme war bereits wieder verstummt. Er erinnerte sich an die Zeit, in der sein Großvater den ganzen Tag mit ihm verbrachte. Er zeigte Lui das ganze Tal der Wasserquellen und erzählte ihm viele Geschichten. Und an eine bestimmte erinnerte sich Lui jetzt. Die der Echos. Freunde der Berge. Lieblinge der Felsengötter. Wächter über das Tal der Wasserquellen.

„Natürlich", schoss es Lui durch den Kopf: „Das ist es!"

Mit kräftigen Flossenschlägen startete Lui durch und schoss regelrecht auf das größte der Fangschiffe zu. Nahe angekommen, wurde er gleich von einem bärtigen, schmutzigen Karpfenfänger entdeckt. Dieser schrie sogleich: „Karpfen nSächt, Karpfen nSächt." *(„Karpfen in Sicht, Karpfen in Sicht.")* Wildes Gerenne setzte auf dem Schiff ein, von schrecklich anzusehenden Matrosen mit Haken und Netzen in den Händen und über den Schultern hängend. Aber als die Fänger merkten, dass es nur ein einzelner Karpfen war, beruhigten sie sich wieder und fingen an, den Entdeckten auszulachen. Sie bewarfen ihn mit Unrat, der überall auf dem Schiffsdeck herumlag. Lui bemerkte, wie die Fänger sich von ihm abwendeten, sich gruppierten und wieder über ihre belanglosen Wichtigkeiten tuschelten. Er streckte seinen Kopf aus dem Wasser und fragte mit ernster Stimme: "Was tut ihr hier?" Die Männer erschraken und taumelten zurück. Mit weit aufgerissenen Augen starrten sie auf den sprechenden Karpfen. „Was tut ihr hier?" fragte Lui nochmals mit noch ernsterer Stimme. Keiner der Männer konnte auch nur ein Wort sagen. Nur einer keuchte kleinlaut hervor: „Klabädermo und Deifelshärrner us rufät jäz dee nosse Gräber". *(„Klabautermann und Teufelshörner uns rufen jetzt die nassen Gräber.")*

Mit leichenblassen Gesichtern und rot unterlaufenen, irre funkelnden Augen, schauten die verwirrten Umherstehenden den sprechenden Kollegen an. Einige nickten abwesend, schwankend mit zitternden Knien und immer noch Lui beobachtend, andere übergaben sich mit lautem Röcheln über die Reling, die, die sich im Weg standen, kotzten sich gegenseitig an.

Von weitem hörte Lui eine tiefe, grollende Stimme: „Wos geits'snn do vo, händer nix zduun? modrets Wäsagsindl!". „Mägst äir Ärbet".

(„Was gibt es denn da vorne oder was ist da vorne los, habt ihr nichts zu tun? Ihr vermodertes Wassergesindel!" „Macht euch an eure Arbeit.")

Ein riesiger Kerl stand an der Reling. Sein Ölzeug war dreckig und sein Körpermief konnte Lui bis zu sich ins Wasser riechen. „Was tut ihr hier?" fuhr Lui den Riesen an. Etwas verdutzt, aber nicht sichtlich beeindruckt, starrte er Lui im Wasser an. „Woos?" *(„Was?")* schrie der Anführer zu Lui hinunter. „Mä holät ällä Karpfe räuss und di a gloi!" *(„Wir holen alle Karpfen heraus und dich auch gleich!")* „Was für Karpfen denn?" sagte Lui. „Wälscht välächt säche, däs dos koi Karpfe sin, do in de Näz?" *(„Willst du vielleicht damit sagen, dass das dort keine Karpfen sind in den Netzen?")* Lui, der sehr sprachgewandt war, erwiderte dem Widerling in seiner widerlich anzuhörenden Sprache: „Joä, dos sin koi Karpfe, widscho rächt säksch." *(„Ja, das sind keine Karpfen, wie du schon richtig sagst.")* Und wieder zuckten alle an Deck zusammen und gingen weitere Schritte zurück. Panikerfüllte Augen in kotzbleichen Gesichtern mit offenstehenden, eklig verschmierten Mündern starrten zum

Wasser hinunter, als ob ihnen der Klabautermann persönlich erschienen wäre. Der Anführer bemerkte, dass seine ganze Mannschaft kurz vor einem Kollaps stand. Noch nie hatte jemand einen sprechenden Fisch erlebt und jetzt auch noch in ihrem eigenen Dialekt. Die Männer waren sich ihrer bösen Absicht, alle Karpfen zu fangen, bewusst, aber, wie so oft, hatte sie ihre eigene Geldgier dazu überredet, mitzumachen. Und jetzt meldete sich ihr schlechtes Gewissen. Sie spürten nur noch Angst und Panik. Der Anführer fühlte sich von seiner Mannschaft allein gelassen und wurde völlig unsicher. Zumal sich in seinem Blut noch jede Menge Rum befand, weil er die ganze Nacht Karten gespielt und gesoffen hatte. Aber was, wenn die Fische in den Netzen keine Karpfen waren und er als Verantwortlicher sie bei seinen Auftraggebern ablieferte. Sie würden ihn, beim Klabautermann, in Stücke zerteilen und den Karpfen, oder was da auch immer in den Netzen eben zappelte, zum Fraß vorwerfen.

Die Luft war voll saurem Mief von Erbrochenem, dass ihm ganz übel wurde und sein Kopf anfing zu brummen. Er musste schnell Handeln um kein Chaos auf seinen Schiffen ausbrechen zu lassen. In wüster und brutaler Weise mit Drohgebärden und Beschimpfungen, die seine Mannschaft aber auch nicht beeindruckten und Lui schon gar nicht, forderte er einen Beweis.

Lui, der völlig cool im Wasser lag und die Szenerie beobachtete, sagte, und die Mannschaft zuckte erneut zusammen. "Wir, die Beschwimmer des Tales der Wasserquellen, sind bevorzugte Wesen und stehen unter dem Schutz des Wächters über das Tal der Wasserquellen. Wir sorgen mit den uns innewohnenden, universellen magischen Kräften für die friedliche und liebevolle Lebensbalance hier in den Seen der Wasserquellen und dadurch in allen Gewässern auf diesem Planeten. Der höchste Wächter selbst, wird dir schändlich kleinem dreckigen Menschen bezeugen, was du wissen willst." Der Anführer zeigte sich beeindruckt von der Dreistigkeit mit der Lui ihn ganz persönlich ansprach. Das war er überhaupt nicht gewohnt und wusste nicht damit umzugehen. Er spürte instinktiv, dass die verdreckte und stinkende Meute in seinem Rücken bereits seine Unsicherheit wahrgenommen hatte und anfing über ihn als Anführer zu tuscheln. Irgendwie war er erleichtert, als die unangenehme, ja für ihn bedrohliche Atmosphäre, unterbrochen wurde.

Lui rief mit aller Kraft und einer unglaublich starken und festen Stimme von der Seeoberfläche hinauf in die Felswände: "Hanoi mir sin koi karpfe, mir sin koi karpfe, sin koi karpfe." *("Natürlich nicht, wir sind keine Karpfen, wir sind keine Karpfen, sind keine Karpfen.")* Und wie Lui es erwartet hatte, hallte das Echo (das sich für den fürchterlichen Dialekt schämte) mit donnerndem Grollen zurück:

„s i n   k o i   k a r p f e - s i n   k o i   k a r p f e"

In diesem Augenblick durchwehte eine dichte Gischt die gesamte Bucht und plötzlich erschienen in der nebeligen Nässe die Farbenzüge eines mächtigen Regenbogens, der die gesamte Bucht überspannte. Die leuchtenden Farben hatten etwas Göttliches und strahlten die Fangschiffe an. Lui hatte noch nie etwas Schöneres gesehen und war wie verzaubert. Ein Ende des gewaltigen Bogens zeigte direkt auf den schmalen Buchteingang und es schien als würden sich die massiven Felswände darin bewegen.

Auf die Besatzungen der Fangschiffe wirkte diese Atmosphäre sehr bedrohlich und einige hatten den gleichen Eindruck bei den steil aufsteigenden Felswänden. „Dä Läch wäd däct gmächt", („Der Zugang wird verschlossen.") schrien sie in panischer Angst. Andere schrien dazwischen „Ma wärre älle varegge, bloos wägge pä Fischgräähte." („Wir werden hier alle verrecken, bloß wegen ein paar

Fischgräten.") „Mä misse wääg, dä Fässespält wäärd däct gmächt." („Wir müssen hier weg, der Felsenspalt wird dicht gemacht.") Die Karpfenfänger erschraken sich gegenseitig zu Tode, schauten sich mit weit aufgerissenen Augen und angstverzerrten Fratzen wütend und aggressiv an und traten in Panik reflexartig zurück, stürzten übereinander und wollten nur noch weg von diesem Geschehen. Auf die, die in Ohnmacht und in Erbrochenes fielen, traten die anderen mit ihren schweren Stiefeln und ohne Rücksicht in die Leiber, nur um schnell weg zu kommen. Keiner half dem anderen. Der Anführer schaute verdutzt dem flüchtenden Tumult seiner Männer nach, er sah nur noch blankes Entsetzen und panische Angst in ihren Augen. Alleingelassen, mit einigen wenigen, die zu betrunken waren, um zu verstehen und um weg zu rennen, befiel ihn jetzt ein Zittern und inneres Beben. Um seinen Männern seine Angst nicht zu zeigen, fing er an sich zu bewegen. Er ging vor den verängstigten, dreckigen und stinkenden Karpfenfängern auf und ab und überlegte fieberhaft wie er aus dieser Situation herauskommen könne. Dabei blickte er verstohlen auf das Ende des grandiosen Regenbogens und bekam eine solche Angst, dass er tatsächlich hier in dieser Bucht eingeschlossen werden würde. Und dann? Wer weiß schon was auf sie zukommt. Sie hatten einen großen Frevel an der Natur begangen, oder zumindest war er ihr Vorhaben. Noch könne er aber zurück, dachte er. Plötzlich sagte er mit leicht zitternder Stimme: „Alla guud, wansde Schtägedder bezäche, dass dees koine Karpfe sin, donn

64

solls uns a recht soi. Uff Männer, länn de Viecher aus de Netze un donn nix wä wäterschd." (*„Na schön, wenn die Steingötter bezeugen, dass dies keine Karpfen sind, dann soll uns das recht sein. Auf Männer, lasst die Fische aus den Netzen und dann lasst uns schnell verschwinden."*) Sichtlich erlöst und bestrebt, eiligst diesen Ort zu verlassen, öffneten die Karpfenfänger alle Netze und stürmten, ihr Anführer an der Spitze, mit riesigen Schritten über die Schiffsdecks, um die Anker zu lichten, die Segel zu setzen, um schnellstens aus dem Tal der Wasserquellen zu flüchten.

Als sich die Geschichte über das ganze Land und unter dem ganzen Wasser herumgesprochen hatte, wurden die Karpfen aus dem Tal der Wasserquellen zu Helden. Die Erzählungen über ihre Intelligenz und ihren unvergleichlichen Mut gingen über alle Kontinente und Meere. Nur ihnen ist es zu verdanken, dass die Karpfen und andere Fischarten nicht ausgerottet wurden.

Nach dieser Erfahrung beschlossen die Karpfen, dass aus jeder heranwachsenden Generation ein Teil das Tal der Wasserquellen verlässt, um die eigene Art zu sichern und um die Geschichte zu verbreiten. Sie soll Hoffnung sein, dass es immer lohnt seinen Verstand zu benutzen und sich für andere einzusetzen. Viele von den Auswanderern erreichten ein Meer, in dem das Land von immerfort lächelnden Menschen bewohnt wurde. Ihre Hautfarbe war nicht braun und schmutzig, wie die der Karpfenfänger, sie waren sehr freundlich und ihre schmalen Augen strahlten freundlich aus ihren Gesichtern. Als sie die Karpfen aus dem Tal der Wasserquellen sahen, luden sie sie zu sich nach Hause ein. Die Menschen wussten natürlich längst, wer ihr Gast war und bewirteten die Karpfen mit der größtmöglichen Gastfreundlichkeit. Sie verehrten die Karpfen aus dem Tal der Wasserquellen so sehr, dass sie ihnen die schönsten Plätze in ihren Gärten, in ihren Häusern, ja sogar in ihren Restaurants anboten, um dort in wunderschönen geräumigen Aquarien zu leben. Selbst für Karpfen aus den Wasserquellen, war dies natürlich das Paradies und viele nahmen das herrliche und sichere Leben dankend an.

In vielen, vielen folgenden Jahren geriet die Geschichte von den mutigen und intelligenten Karpfen aus dem Tal der Wasserquellen, mit ihren farbenfrohen Schuppenkleidern und den ihnen innewohnenden, universellen magischen Kräften, mit denen sie für eine friedliche und liebevolle Lebensbalance in allen Gewässern auf diesem Planeten, bis zum heutigen Tage sorgen, in Vergessenheit.

Was aber bis heute nicht vergessen wurde und was der tapfere Lui, im Tal der Wasserquellen, durch seinen unbeschreiblichen Mut und seiner grandiosen Echo-Idee, sich und seinesgleichen gegeben hat und was die freundlichen, schlitzäugigen, immer lächelnden Menschen weit in die Welt hinaus getragen haben, ist der Name:

Koi Karpfen

***

Besucher

Claus hatte viel zu lange gewartet. Er verdrängte unübersehbare Symptome und schenkte keinem der immer wieder auftretenden Warnzeichen auch nur die geringste Beachtung. Claus war ein Optimist, zumindest glaubte er an die Kraft des positiven Denkens. Er hatte zu allem eine optimistische und positive Einstellung, dass seine Arbeitskollegen oft hinter seinem Rücken die Augen verdrehten oder ihren gesenkten Kopf ungläubig schüttelten. Doch meistens behielt er mit seinem Verhalten Recht und oft gaben seine Mitarbeiter zu, dass sie an seiner Stelle längst resigniert hätten, aber sehr froh darüber sind, dass er ihnen immer wieder aufzeigt wie wichtig es ist, nicht aufzugeben. An manchen Arbeitstagen, die bis tief in die Nacht hinein andauerten, organisierten sie eine kurze Ruhepause mit Snacks und Erfrischungsgetränken. Claus gesellte sich nur kurz dazu, aber seine Mitarbeiter zeigten ihm aufrichtig, wie froh und stolz sie waren, dass er ihr Vorgesetzter war. Doch irgendwann spürte Claus, dass seine positive und engagierte Haltung sich in dem sich verändernden Arbeitsklima nicht mehr aufrechterhalten ließ. Die Veränderung ging schleichend und Claus hatte keine Ahnung was es eigentlich war.

Eines Tages, während einem völlig miserablen Meeting, es ging nur um Reklamationen, geplatzte Termine um Gewährleistungsansprüche und um hohe fehlgeschlagene

Finanztransaktionen, bemerkte Claus in den Blicken der Anwesenden, deren Abteilungen von den Themen betroffen waren, eine noch nie wahrgenommene ihm entgegengebrachte Feindseligkeit. Bemerkungen seinerseits, die den gewohnten Optimismus beinhalteten, wurden ignoriert oder mit verächtlichen Gesichtsausdrücken kommentiert. Er konnte sich die Anfeindungen nicht erklären und wurde immer unsicherer. Er beließ es dabei, nur noch zuzuhören. In seinem Inneren aber, griff die Unsicherheit um sich und löste plötzlich ein Angstgefühl aus, dass ihm völlig fremd war. Er wusste nicht damit umzugehen und fühlte sich plötzlich völlig hilflos. Er stand auf und wollte zur gegenüberliegenden Anrichte gehen, um sich ein Glas Wasser einzuschenken. Er spürte wie seine Knie zitterten und ihm leicht schwindelig wurde. Er stützte sich an der Tischkante ab und atmete tief ein, richtete seinen Oberkörper auf und ging hinüber zur Anrichte. Er konzentrierte sich auf seine Schritte und hörte nur Wortfetzen aus der Diskussion der Anwesenden. Während er sich das Wasser eingoss, sprachen sie am Tisch über Geldbeträge bezüglich eventueller Regressionsansprüche. Claus ging an seinen Platz zurück und auf halbem Wege sah er wie durch einen Nebel die Personen am Tisch. Hochrote Köpfe, dem Platzen nahe Schläfenadern, rot unterlaufene Augen, Schwitzflecken unter den Achseln, hochgekrempelte Hemdsärmel und auf dem Tisch durcheinander geschobene Papierblätter mit farbigen Tabellen und Zahlen über Zahlen. Er sah die fiebrigen, nervösen Augen, Tics die sich einschlichen, zuckende Mundwinkel und Augenlider, rhythmisch wackelnde Köpfe, ruckartige Bewegungen von Schultern und Oberkörpern. An den papierfreien Stellen der hoch polierten Ebenholztischplatte des Konferenztisches vergrößerten sich die Schweißabdrücke der haarigen Unterarme und vermischten sich mit den Abdrücken der schwitzenden und fettenden Finger. Mit einem Male ekelte Claus die ganze Situation an und er spürte so etwas wie Schadenfreude in sich hochsteigen. Zunächst wunderte er sich darüber und fing gerade an Gefallen daran zu finden, weil es ihm innerlich die Spannung nahm. Da hörte er seinen Namen und die Aufforderung, den Stand der drei größten Projekte darzulegen. Es waren taufrische Aufträge, zu denen er erst seinen gewohnt groben kreativen Rahmen erdacht hatte. Seiner Neigung entsprechend, spielte er die ersten Wochen nur mit seiner kreativen Stimmung. Nach und nach entwickelte sich zwischen ihm und dem Vorhaben eine Art Kreativkommunikation. Darin fand ein rein geistiger Austausch statt. Die Projektdaten, wie Kundenwünsche, Standorte, Materialbeschaffenheiten, Objektnutzungen, Firmenphilosophie und vieles mehr, begleiteten Claus tagein und tagaus. Er kannte diesen Prozess und es war für ihn eine völlig normale Vorgehensweise. Im Studium an der Universität waren seine Kommilitonen immer schon in der Umsetzungsphase, wenn er noch immer „kommunizierte." Anfangs wurde er belächelt und es wurden Witze und Späße über ihn gemacht, aber, als er die ersten Projektaufgaben vor allen anderen fertigstellte und immer eine Belobigung für seine Arbeiten erhielt, verstummten die Lästereien und seine Studienkollegen brachten ihm aufrichtigen Respekt entgegen. Auch alle Arbeiten, hier in der Firma, erledigte er auf diese Weise und verstand deswegen nicht gleich die eben gestellte Aufforderung nach bisherigen Fortschrittsbelegen. Er setzte sich etwas verdutzt und schaute in die erröteten verschwitzten Gesichter rund um den Tisch. Außer beim Direktor, glaubte er wieder die Feindseligkeit in den anderen Gesichtern wahrzunehmen. Bevor Claus etwas sagen konnte, ergriff der Chef der Buchhaltung das Wort und die anderen nickten bereits zustimmend, obwohl sie nicht wissen konnten, was der Chef der Buchhaltung zu sagen hatte. Claus sah, wie sich die Schweißperlen auf der Stirn des Buchhalters bildeten und ihm in die Augenbrauen liefen und von dort auf den Tisch tropften. Fahrig wischte sich der Buchhalter über das Gesicht und sagte in unsicherem, forschen Ton, seinen nervösen Blick auf Claus gerichtet: "Wenn die anstehenden Projekte zügig fertig gestellt werden würden, wären die anstehenden Zahlungen überhaupt kein Problem." Er wischte sich nochmals über das Gesicht und rieb seine schweißnasse Hand auf seinem Oberschenkel. Der Direktor sah Claus an und nickte ihm ruhig zu. Claus meinte ein vertrauensvolles Schmunzeln im Gesicht des Direktors zu erkennen und dennoch spürte er ein leichtes Verkrampfen in seinem Magen.

Claus

Claus war ein sportlicher und lebensfroher Typ. Auf den Schulen und der Universität war er durch seine humorvolle und kameradschaftliche Wesensart bei den Mitschülern und Kommilitonen sehr beliebt. Als er im Studium Claire kennenlernte, hatte es bei beiden sofort gefunkt. Freunde von Claus rieten ihm, sich erst mal die „Hörner abzustoßen", aber Claus sagte jedem: „Diese Eine oder Keine". Nach einer Weile verstummten die Bemerkungen und für alle anderen gehörten sie als „ClaCla" einfach zusammen. Beide fühlten sich pudelwohl in ihrer Beziehung und über manchmal aufkeimende Lästereien wie, „Siamesische Zwillinge", die über sie gemacht wurden, konnten sie nur herzlich lachen.

Claus gewann im letzten Semester seines Studiums einen ausgeschriebenen Talentwettbewerb eines der renommiertesten Architekturbüros im Lande. Er war mit einer kleinen Prämie dotiert und der Aussicht auf einen befristeten Arbeitsvertrag. Selbst seine schärfsten Konkurrenten zollten ihm allerhöchste Anerkennung dafür, wie er auf sensible und subtile Art und Weise bizarre Formen mit schöngeistiger Selbstverständlichkeit, völlig unterschiedliche Materialien, in Verbindung und in Kontrast zueinander gesetzt hatte und dadurch dem Objekt eine würdevolle, faszinierende Einmaligkeit verlieh. Sein Doktorvater beschrieb in seiner Laudatio die angenehme und stets freundliche Zusammenarbeit mit Claus und dass der Mut zum Außergewöhnlichen, diesen jungen Architekten in besonderem Maße auszeichnet. Dass er die Courage hat, das zu tun, was andere sich nicht trauen und seine Ideen auf allerhöchstem Niveau kompetent umsetzt.

Claus war Mitte Zwanzig und erlebte einen unvergleichlichen beruflichen und persönlichen Höhenflug. Bereits während den Feierlichkeiten versicherte ihm der Direktor des Architektenbüros einen sofortigen unbefristeten Arbeitsvertrag.

Am gleichen Abend machte Claus Claire einen Heiratsantrag, den sie freudestrahlend annahm und ein Jahr später empfingen sie als stolze und glückliche Eltern ihre kleine Tochter Cleo. Fortan wurden sie von ihren Freunden im Spaß der „ClaClaCle-Clan" genannt. Für alle Neugierigen hielten sie für den nächsten weiblichen Nachwuchs den Namen Clothilde und für einen männlichen Clemens bereit.

Claire war sehr stolz auf Claus und er war sehr stolz auf sie. Sie unterstützten sich gegenseitig. Claus involvierte Claire in jedes seiner Projekte und Claire involvierte ihn in die Kindererziehung und die Haushaltsaufgaben. Sie hatte eine hervorragende Abschlussarbeit vorgelegt und wurde mit Auszeichnung Architektin. Dennoch wusste sie, dass Claus dieses ganz Besondere für diesen Beruf in sich trug und es machte ihr nichts aus, sich hauptsächlich um die Familie zu kümmern. Claus nahm ihr, so gut es ging, Hausarbeiten ab und ließ sie ihre Kreativität in seine Bauvorhaben einbringen. Sie unterhielten sich oft bis tief in die Nacht und beide ließen sich spüren, wie ausnahmslos glücklich sie waren.

In milden Sommernächten lagen sie gerne aneinander geschmiegt in ihrem Garten, auf dem noch warmen Rasen und schauten in den sternenklaren Himmel. Sie erzählten sich Dinge aus ihrer Kindheit, lachten und küssten sich. Einmal erzählte Claus, dass seine Ideen und Inspirationen für architektonische Formen durch die Betrachtung des Sternenhimmels kommen. Schon als kleiner Junge konnte er in Nächten wie diesen, Reisende zwischen den Sternenbildern erkennen, die manchmal auch als Besucher auf die Erde kamen. Claire lachte, weil sie seine Erzählungen mochte und glaubte es handele sich um eine seiner Fantasiegeschichten, mit denen er sie oft zum Lachen brachte, weil sie immer ganz unerwartete Wendungen nahmen. Sie drehte sich zu ihm um und küsste ihn auf den Mund. Als sie in seine Augen sah, sagte sie: „Das ist jetzt aber nicht dein Ernst" und wartete auf eine witzige Reaktion. Claus sah ihr aber fest in die Augen und bewegte seinen Kopf langsam verneinend von einer Seite auf die andere. Claire küsste ihn und legte ihren Kopf auf seine Brust. Claus erzählte weiter, dass er hinter jedem der Besucher eine sichtbare Linie wahrnehmen konnte, beschrieb leuchtend den gesamten Weg, den ein solch Reisender zurücklegte. Weiter sagte er, dass es so faszinierend sei, weil die sichtbaren Reiserouten der einzelnen Besucher sich zusammen als eine Art dreidimensionales Spinnennetz am Himmel abzeichneten. Diese Netzgebilde inspirierten Claus so sehr, dass er daraus seine ungewöhnlichen Formen ableiten konnte. Er hatte zwischendurch für nähere Beschreibungen sehr weit ausgeholt und sich teilweise in astronomischen Konstellationen verloren, sodass Claire zwischendurch eingeschlafen war. Eine Weile lauschte er der Stille, die sie umgab und passte sein Atmen dem ruhigen von Claire an. „Claire?" fragte er leise und streichelte über ihre weiche Schulter. Sie regte sich, schaute sich um und fragte: „Sind jetzt auch Besucher hier?" doch bevor Claus antworten konnte verschloss sie seinen Mund mit ihren Lippen, drängte ihre Hüfte gegen seine und flüsterte: „Die einzigen Besucher hier sind wir und ich hoffe, dass dich meine Formen jetzt inspirieren."

Jubiläum

Claus´ zehnjähriges Firmenjubiläum wurde ein großes Fest und die gesamte Firmenleitung und alle Kollegen erwiesen ihm großen Respekt, für seine fortwährenden sehr erfolgreichen Projekte, die sich immer durch seine ganz persönliche Note auszeichneten und im vorherrschenden Konkurrenzkampf der Branche, diesem Architekturbüro einen gewaltigen Vorsprung verschaffte. Somit trug Claus einen großen Anteil an der Absicherung aller Arbeitsplätze bei. Das wussten alle und würdigten es ihm gegenüber.

Die Auftragsbücher waren voll und die Nachfrage schien für Jahre ungebrochen. Es wurden schon längere Zeit Pläne geschmiedet, den bisherigen gemeinsamen Bereich Marketing und Kreativabteilung zu trennen um den anstehenden Anforderungen nachkommen zu können. Aber nie wurden konkrete Ziele gefasst.

Als die Inhaber ihre gemeinsam gehaltene Jubiläumsrede beendeten, riefen sie Claus zu sich in ihre Mitte. Einer überreichte ihm ein flaches, ledernes Etui. Claus kippte den Inhalt in seine Handfläche und erkannte ein sehr edles goldenes Türschild mit seinem Namen eingraviert und darüber stehend <Leiter der Kreativabteilung>. Völlig überrascht und geehrt nahm er unter Freudentränen dieses Geschenk und die neue Herausforderung an. Von allen Mitarbeitern bekam er ehrlichen Zuspruch.

*

Nun sollte er hier also einen Fortschrittsreport abgeben, eine Art Wasserstandsmeldung über ein noch nie bewässertes Flussbett. Und das, vor dem Chef der Buchhaltung, der seinen kreativen Entwicklungsprozess bereits in der Kindergartenvorschule beendet hatte und dem Leiter der Marketingabteilung, der sich zurückgesetzt und gedemütigt fühlte, seit die Kreativabteilung aus der Marketingabteilung herausgelöst wurde. Der von sich so überzeugt war, dass er heute, wie früher, alles alleine schaffen könnte und besser. Und dann war da noch der

Chef des Einkaufs. Bei ihm hatte Claus immer ein merkwürdiges Gefühl. Er konnte ihn nicht einordnen. Er hatte etwas Unberechenbares an sich. Claus konnte ihn überhaupt nicht einschätzen und war froh, dass sie wenig Kontakt hatten. Auch mit der Buchhaltung hatte Claus wenig zu tun. Allein der Marketingabteilung arbeitete er für anstehende PR-Maßnahmen zu, indem er den Presseartikeln eine sachliche und fachliche kompetente Grundlage gab.

Er konnte sich deshalb die feindliche Stimmung der Herren ihm gegenüber nicht erklären, abgesehen von den neurotischen Störungen des Marketingchefs.

Nun schmunzelte ihm der Direktor über den langen Konferenztisch ins Gesicht und Claus nahm einen Schluck des kühlen Wassers aus seinem Glas. Er spürte, wie die Flüssigkeit über seine Zunge die Speiseröhre hinunter in seinen Magen floss. Er hatte das Gefühl, als würde das Wasser auf seinem Weg Verklebungen auflösen und im Magen angekommen, auch die auftretende Verkrampfung. Claus sah dem Direktor in die Augen und nahm eine vertrauliche Wärme wahr. Er war es, der ihn nach seiner so erfolgreichen Studienzeit in die Firma holte und ihm den roten Teppich auslegte. Er stand immer hinter Claus, vertrat seine Ansichten und unterstützte seine mutige Vorgehensweise, wenn er neue Materialien mit ungewohnten Arbeitstechniken in seine, sich meist als spektakulär erweisenden, bizarren Formgebungen integrierte. Langsam wich die Wärme aus dem Gesicht einer kalten Starre und Claus spürte, wie die Verkrampfung im

Magen zurückkam. Sie starrten sich beide an und Claus erkannte so etwas wie Resignation. Er nahm noch einen Schluck Wasser und fing an über das Projekt der öffentlichen Hand zu sprechen. Der Stadt schwebte ein neuer Bibliothekssaal vor, der mit modernsten Kommunikationsmöglichkeiten ausgestattet sein sollte und durch seine Architektur das nächste und übernächste Jahrtausend einläuten sollte. Solche maßlosen Übertreibungen in den Ansprüchen der Auftraggeber war Claus mittlerweile gewohnt, gerade von lokalen Politikern, die sich selbst ein Denkmal setzen wollten und sich über die einzusetzenden Steuergelder wenig Gedanken machten. Es spielte auch keine Rolle, wenn die Objekte über die Realisierungsphase meist das Doppelte oder Dreifache kosteten.

Claus blieb die Ungeduld des Direktors nicht verborgen. Während er seine Ausführungen machte, ließ dieser, sichtlich nervös, seinen Montblanc-Tintenfederhalter auf der hochglanzpolierten Mahagoniholztischplatte wie einen Kreisel vor seinem Gesicht immer wieder drehen. Er entschuldigte sich bei Claus und unterbrach ihn gleichzeitig. „Claus", sagte er in ruhigem Ton, der ihn aber Mühe kostete. Sie waren per du seit der Jubiläumsfeier, bei der Claus als Überraschungshöhepunkt zum Leiter der Kreativabteilung ernannt wurde. Maywald sagte damals zu Claus, dass er sehr stolz auf ihn sei und sie zusammen wahrlich Großes leisten werden. Und bis jetzt hatte er recht, dachte Claus. „Claus", wiederholte Maywald sich jetzt in seiner gewohnten, ruhigen und väterlichen Art, die Claus auch etwas entspannen ließ. „Dieses Meeting ist ein Krisengespräch. Wir stehen mit dem Rücken zur Wand und müssen Verbindlichkeiten einlösen, um großen Schaden abzuwenden. Claus, ich stehe bei konzeptionellen und umsetzungstechnischen Fragen voll hinter dir, dennoch müssen wir ein anderes Objekt vorziehen. Die Wohneinheiten vor der Stadt." Claus glaubte nicht richtig gehört zu haben. Das Projekt sah vor, Wohneinheiten am Stadtrand entstehen zu lassen. Dafür wurde eine Vollsanierung vorhandener Kasernenbauten, der ehemals stationierten Kanada Luftwaffe, notwendig. Ein privater Investor hatte das Areal erworben und sie mit der Planung beauftragt. Allerdings stand dieses Projekt noch gar nicht im Zeitplan. Es war eine Planungszeit mit ersten Teilvorschlägen in 9 Monaten vereinbart worden. Claus hatte sich jetzt auf den Bibliothekssaal eingestellt und befand sich bereits in seiner kreativen Schöpfungsphase, die sich einstellte, sobald er sich auf ein Objekt konzentrierte und die sich nicht gerade abschalten oder auf ein anderes Objekt umlenken ließ. Aber diese Vorgänge waren Maywald doch alle bewusst und er war es doch, der sie die vielen Jahre immer unterstützte. „Der Investor besteht darauf, dass wir in den nächsten drei Monaten bereits die ersten Baumaßnahmen einleiten. Frag bitte nicht nach, aber er hat die Möglichkeiten uns zu ruinieren." Claus stand der Mund offen, er wusste nicht, wie er reagieren sollte. „Maywald", hörte er sich aus der Ferne sagen: „Ich verstehe nicht", Claus schluckte ohne Spucke, „Ich stecke mitten im Bibliothekssaal, die Kasernen stehen doch noch gar nicht an. Du kennst meine Arbeitsweise, wir hatten doch alles besprochen." „Claus beruhige dich, du wirst dieses eine Mal umdenken, ich weiß, dass du das kannst." beschwor Maywald ihn. „Aber das Geld aus der öffentlichen Hand ist doch sicher. Wir können Abschlagszahlungen in fast beliebiger Höhe vereinbaren", erwiderte Claus und spürte Erleichterung durch seine eigene Argumentation. „Wir hatten bisher bei öffentlichen Aufträgen keine Finanzierungsprobleme, oder?" fragte er den Chef der Buchhaltung. Dieser presste sich fest auf seinen Stuhl und wackelte unschlüssig mit dem Kopf hin und her und schaute dabei erwartungsvoll den Direktor an. „Claus", sagte der Direktor und nahm damit sichtlich den Druck vom Buchhalter. „Damit hat es nichts zu tun, Ferdinand hat die Firma in eine sehr kritische Lage gebracht und ich bitte dich um dein Verständnis und dass du mir vertraust, hier das Richtige zu tun." Er hatte kaum ausgesprochen, als der Leiter der Marketingabteilung sich an Claus wandte: „Jetzt hören Sie doch auf mit diesen Mimositäten, es geht um die Zukunft der Firma und die der Mitarbeiter, ihrer Kollegen. Unternehmen Sie was notwendig ist und realisieren sie die Sanierung dieser Dreckskasernen. Ich kann Ihr Getue, kreativ hier kreativ da, nicht mehr hören. Alles hängt am seidenen Faden." Der Marketingleiter verlor völlig die Contenance, sein Speichel hing an seinen Lippen und tropfte vor ihm auf die Tischplatte. Der Direktor fuhr ihn an

„Beherrsch´ dich, Lothar", worauf dieser sich stumm auf seinen Stuhl zurückfallen ließ. Claus wurde das alles zu viel. Er stand auf, sah dem Direktor fest in die Augen und sagte: „Ich werde sehen was ich tun kann und melde mich vor dem Wochenende bei dir." Ohne eine Reaktion abzuwarten, verließ er den Raum.

Selbstkasteiung

In den nächsten Wochen und Monaten ackerte Claus wie ein Besessener. Er vernachlässigte seine Familie, arbeitete Nächte durch, schlief im Büro, vergaß den Geburtstag von Claire und Cleo und schrie seine Mutter am Telefon an, als diese sich nach seinem Befinden erkundigen wollte. Seinem Vater signalisierte er, er stehe unter einem enormen Druck und dass er nicht darüber reden wolle. Es werde sich in einiger Zeit alles wieder beruhigen. Claus erlebte eine innere Aggression, wie er sie noch nie gespürt hatte. Er unterdrückte aufkommende kreative Ideen für das Bibliothekssaalprojekt und verdrängte auch die einsetzenden Reifungsprozesse dafür. In den ersten Wochen befiel ihn in diesen Momenten eine Übelkeit, die bis zum Erbrechen führte. Nach und nach verlor sich das und er arbeitete wie in Trance. Den notwendigen Besprechungen im Team ging er bewusst aus dem Wege und steuerte seine Beiträge elektronisch bei. Er bemerkte nicht, dass er immer teilnahmsloser und apathischer wurde. Bei den wenigen Kontakten, die er zwangsläufig hatte, stellte er fest, dass er sich in diesen, für ihn unbequemen Situationen, besser fühlte, wenn er sich mit aller Kraft auf das Negativste, was ein Gespräch oder eine Situation bringen könnte, konzentrierte. Dadurch kam er in einen völlig entspannten und gelassenen Zustand. Er fühlte sich überlegen, manchmal stark und unverwüstlich. Er bewegte sich, als wäre er ein unsichtbarer Beobachtender durch die unterschiedlichsten Konstellationen seines Alltags und genoss das Gefühl, über den Dingen zu stehen. Die Mitarbeiter nahmen seine Veränderung wahr, begründeten sie damit, dass jeder für sich, auf seine Art, versucht mit der angespannten Situation in der Firma klar zu kommen. Jeder wusste, dass Claus sich von seiner so angenehmen und harmonischen Arbeitsweise verabschiedet hatte, um dieses eine so dringliche Projekt, niemand wusste wirklich warum, in aller Eile durchzuziehen. Claus bemerkte nicht die Gefahr die darin lag, in realen Situationen immer vom Schlimmsten auszugehen und sich darauf zu verlassen, dass diese Situationen nie eintreffen würden. Er war davon so besessen, dass er seinen Instinkt, seine Intuition und seine natürliche Sensibilität für eine gesunde Wahrnehmung der Realität unterdrückte, bis er diese so wertvollen Fähigkeiten verloren hatte. Was dadurch mit ihm geschah, war ihm zu diesem Zeitpunkt nicht bewusst.

Trotz der Hochgefühle, die diese Haltung in ihm auslöste, fühlte er immer öfter innere Beklemmungen, die er in Form von extremen Herzschmerzen wahrnahm. Eines Abends, als er spät noch an einem Modell arbeitete, spürte er einen eiskalten Luftzug an seinem Rücken. Verwundert drehte er sich um, aber es war unmöglich, dass ein Fenster oder eine Türe offen gewesen wäre. Er war alleine in der Firma und Fenster und Türen in seinem Büro waren geschlossen. Automatisch fragte er: „Hallo ist jemand hier?" und kam sich im gleichen Moment dumm vor. Er lehnte an einem Stehhocker und widmete sich wieder seiner Arbeit. Plötzlich spürte er, wie sich an seinem Steiß eine eisige Kälte niederlegte. Er hatte das Gefühl, als würde sich eine knochige, kalte Hand unter seine Haut schieben und sich vom Kreuzbein zu den Lendenwirbeln hochschieben. Dabei spürte er, innen wie außen, eine frostige Kälte. Er wagte sich nicht zu bewegen, selbst wenn er gewollt hätte, er hätte es nicht gekonnt. Jetzt fühlte er die harte, glatte Handfläche ganz deutlich über seinem Kreuzbein. Sie hinterließ eine eiskalte Spur und die kalten knochigen Finger tasteten sich langsam die Wirbelsäule hoch. Wirbel für Wirbel, überall jetzt eisige Kälte verströmend. Als sich die dünnen Fingerknochen krabbelnd und tastend über die Mitte des Rückens bewegten, verkrampfte die gesamte Rückenmuskulatur und Claus stieß einen kurzen Schmerzensschrei aus. Die Luft wurde regelrecht aus seinen Lungen hinausgepresst. Er beugte sich nach vorne und stützte sich auf dem Modelltisch ab. Sein Körper war durch und durch kalt. Er spürte, wie die Kälte in seinem Inneren herumkroch. Er fühlte genau, wie sich die knöcherne, kalte Hand zwischen seiner Haut und der Wirbelsäule bewegte und dabei jeden einzelnen Wirbelkörper abtastete. Er war wie gelähmt und konnte nur noch dem Gefühl folgen, das die kleinen runden Flächen der knöchernen Fingerspitzen hinterließen, bis sie sein Hinterhaupt erreicht hatten. Die kalte Hand legte sich umfassend an seinen Hinterschädel und Claus bog automatisch seinen Kopf in den Nacken. Seine Schultern schmerzten und sein Hals schien wie in Schienen fixiert zu sein. Schmerzwellen gingen wie kalte, grelle Blitze durch seinen Körper. Die eiskalte Hand ließ vom Hinterhaupt ab und legte sich in seinen Nacken, die langen Knochenfinger auf seiner Schulter ausgestreckt abgelegt, so wie man es bei einem guten Freund macht, den man trösten will.

Verkauft

Ferdinand, Mitinhaber des Architekturbüros, der verantwortlich war für die bedrohliche Firmenlage, starb kurze Zeit nach Baubeginn Randstadtwohnanlage bei einem Autounfall mit Fahrerflucht. Es war ein Wochenende im Dezember. Es passierte auf der Fahrt zu einer Skihütte. Der Wagen wurde erst Tage später gefunden, zugeschneit auf dem Dach liegend, an einer Böschung. Ferdinand befand sich allerdings nicht im Wagen, sondern lag bis zur Hüfte eingefroren in einem Bach, nahe der Böschung. Die Polizei nahm an, dass er den Unfall unverletzt überstanden hatte, aber verwirrt war und sich vom Fahrzeug entfernte und in der Dunkelheit durch das noch dünne Eis im Bach fiel und ertrank. In der Firma gingen Gerüchte um, es hätte wohl mit der Kasernensanierung zu tun, bei der Ferdinand mit einem Bordellbesitzer eine Geschäftsbeziehung eingegangen war.

Zwei Jahre später erkrankte Maywald schwer an Alzheimer und der dritte Mitinhaber, den als stiller Teilhaber niemand jemals zu Gesicht bekommen hatte, fiel in eine schwere Midlife-Crises. Eines Morgens stellte sich ein fremder Herr als Geschäftsführer vor. Es kam zu einem kurzen Gespräch zwischen ihm, Claus und dem Marketingleiter und das war das erste und letzte Mal, dass dieser Herr gesehen wurde.

Sieben Monate später glaubten alle Beschäftigten, dass sich jemand einen schlechten Witz erlaubt hatte. Jeder Mitarbeiter wurde in einem kurzen Memo darüber informiert, dass das Unternehmen an einen amerikanischen Architekturverbund verkauft worden war. Die Übernahme wäre unterzeichnet und das neue Management würde sich heute in der Mittagspause vorstellen. Es wurden alle Mitarbeiter aufgefordert, daran teilzunehmen. Hinter einem PS bedankte sich der bisherige stille Teilhaber für die vertrauensvolle und gute Zusammenarbeit und wünschte sich zukünftig alles Gute. (ein Freud´scher Verschreiber?)

Später wurde erzählt, er habe sich von seiner Frau und Familie getrennt, sei in die Schweiz gezogen und würde, in der Nähe von Bern, mit einer jungen ehemaligen Prostituierten zusammenleben.

Das amerikanische Management brachte natürlich seine eigene Unternehmensphilosophie in die Firma ein. Die Mitarbeiter waren verblüfft und dann verärgert darüber, dass die Zigaretten- und Kaffeepausen von der Arbeitszeit abgezogen wurden. Die Kontrolle darüber übernahm eine neu eingeführte Arbeitszeiterfassung. Zunächst erlitten die Umsatzzahlen keinen Einbruch, da viele Projekte sich bereits in laufenden Prozessen befanden und die Belegschaft nicht verändert worden war. Es ging alles seine gewohnten und bewährten Abläufe, trotz neuer Geschäftsführung. Was sich allerdings sehr schnell veränderte, waren die Freundlichkeit und Hilfsbereitschaft unter den Mitarbeitern. Gerüchte über Bespitzelungen machten ihre Runden. Leitende Angestellte sollten dazu angehalten sein, jedwede Informationen über jeden einzelnen Kollegen zu sammeln. Zu welchem Zweck, konnte sich niemand erklären.

Claus bemerkte von alledem nichts. Er war als Kreativmanager sehr gefordert und hatte das Gefühl, dass das neue Management mit seinen Arbeiten zufrieden war, obwohl es manche seiner Entwürfe auf Eis gelegt hatte. Wenn sich die Gelegenheit ergab, wurden ihm, von den Kollegen, Fälle von Mobbing zugetragen, die er aber als zu übertrieben ansah. Er wollte auch keinen Zusammenhang darin sehen, dass immer mehr von den langjährigen Mitarbeitern kündigten. Die Tatsache, dass für ausscheidende Arbeitskräfte keine Neueinstellungen stattfanden, verteidigte Claus damit, dass einige Projekte vor dem Abschluss stünden und, er es zwar nicht wisse, aber davon ausgehe, dass keine nennenswerten Aufträge im Nachrücken seien. Im Übrigen konzentrierte er sich auch viel lieber auf seine Aufgaben, als dass er sich mit innerbetrieblichen Angelegenheiten befasste.

Obwohl Claus zugetragenen Erzählungen gegenüber sehr zurückhaltend war, musste er sich doch eingestehen, dass manches ihm Zugetragene sich dann doch bewahrheitete und Kollegen mit ihren kritischen Bemerkungen über die Personalpolitik und Mitarbeiterbehandlungen doch richtig lagen. Dennoch beteiligte er sich nicht an den immer häufiger entstehenden Personaldebatten oder Diskussionen über die Geschäftsführung. Einmal hatte er sich überreden lassen, zumindest mit anzuhören, was einige zu sagen hatten. Die Beteiligten versicherten ihm, dass er auch keinen Kommentar abgeben müsse. Das Gespräch hatte etwas Konspiratives. Zunächst wurden kleine Handzettel verteilt, worauf Ort und Uhrzeit des Treffens angegeben waren. Claus war überrascht, weil er den angegebenen Lagerraum überhaupt nicht kannte und nur zufällig den Wortführer im Kopierraum sah und ihm dann folgte. Es war ein kleiner, stickiger Raum, in dem Kopierpapier und ausgetauschte Tonerkassetten, Entwicklereinheiten und Tintenkartuschen gelagert wurden. Es gab kein Fenster und keine Lüftung. Die nach Tonerreste riechende Luft reizte Claus in den Augen. Er beschloss gerade wieder zu gehen, weil ihm die Situation als absurd erschien, da wurde die Tür aufgestoßen und ein rotes DIN A4 Papier flatterte herein. Die Anwesenden drängten zur Tür hinaus und Claus hörte jemanden: „alles später", sagen. Blitzschnell waren alle verschwunden und Claus ging in sein Büro und wusste, dass er sich niemals wieder zu so etwas überreden lassen würde. Er bemerkte, wie unangenehm es ihm war, sich nicht solidarisch mit der Geschäftsleitung zu fühlen. Und überhaupt hatte es nie zwei Fronten für ihn gegeben. Sein Einstieg in diese Firma war auf eine freundschaftliche und faire Weise geschehen. Natürlich hatte es viele Veränderungen gegeben und eigentlich war nichts mehr so wie es mal war, aber seine Gefühle für das Unternehmen und für seine Klienten waren noch immer die gleichen. In Gesprächen mit Kollegen, die sich spontan ergaben und die er nicht kontrolliert abwenden konnte, spielte er plötzlich auftretende Übelkeit vor oder schob ein versäumtes wichtiges Telefonat in den Vordergrund, um einer Gesprächsbeteiligung oder gar einer Stellungsnahme zu entgehen. Unangenehme Situationen bewältigte er verstärkt durch die Konzentration auf das Negativste, das eintreten könnte, aber diese Methode versagte zunehmend. Es wurde ihm zunehmend bewusst, dass er schnell etwas Besseres brauchte, auch weil er die eiskalte, knöcherne Hand nun täglich spürte.

Ohnmacht

Claus hatte das vergangene Jahr sehr viel und hart gearbeitet, er veränderte seine Vorgehensweise und passte sie dem neuen Management an. Seine kreativen Umsetzungen hatten dadurch zwar nicht mehr die Qualität wie früher, aber seiner Meinung nach hielten sie noch ein gutes Niveau. Er hatte sich Psychopharmaka verschreiben lassen und konnte damit die Kälteattacken gut überstehen. Allerdings nur bis zu jenem Tag, als er mit seinen über mehrere Monate bearbeiteten und nun abgeschlossenen Entwürfen zum angesetzten Meeting der Geschäftsleitung kam. Beim Eintreten in den Konferenzraum war er verblüfft darüber, dass die Gesprächsrunde sich bereits mit aufgeknöpften Hemdskrägen und hochgekrempelten Hemdsärmeln mit gefüllten Whiskeygläsern zuprostete. Im Raum herrschte eine gelöste Stimmung. Es wurde laut gelacht, roch nach teuren Zigarren und Whiskey. Claus legte seine Unterlagen auf einem Sideboard ab, weil sich auf dem Konferenztisch keine Möglichkeit dafür bot. Er trat an die hochglanzpolierte Mahagonitischplatte heran und erwartete einen Augenkontakt oder eine Geste, um mit einer Begrüßung in die Runde einzusteigen, beides blieb jedoch aus. Niemand nahm Notiz von ihm. Claus setzte sich auf einen nahestehenden Stuhl und folgte der schwülstigen Erzählung eines Anwesenden über dessen letzten Thailand Urlaub. Er hörte zwar die Worte, aber sein Gehirn verweigerte die Übersetzung. Ihm wurde schwindelig und der Zigarrenrauch brannte in seinen Augen. Er stand auf und wollte gehen, als der Geschäftsführer ihn ansprach und ihm einen neuen Mitarbeiter als Kreativdirektor vorstellte. Bevor Claus einordnen konnte was hier geschah, legte ihm der Geschäftsführer nahe, sich dessen Entwürfe, die weit ausgebreitet auf dem Konferenztisch lagen, anzuschauen. Ob er sich dazu äußern sollte blieb dahingestellt. Claus sah mit einem Blick, dass es sich bei den vorliegenden Entwürfen um die gleichen Objekte handelte, für die er die letzten Monate gearbeitet hatte, nur dass seine Arbeiten jetzt als Entwürfe, drüben, in seiner Präsentationsmappe, auf dem Sideboard lagen und darauf warteten, geschreddert zu werden. Der Geschäftsführer klinkte sich übergangslos wieder in die Unterhaltung am Tisch ein. Dass Claus den Raum verließ, bemerkte niemand. Am nächsten Morgen wurde die Belegschaft in einem kurzen Memo darüber informiert, dass die Stelle des Kreativdirektors neu besetzt wurde. Claus war zwar bei gleichem Gehalt noch stellvertretender Kreativdirektor, aber ihm wurden ausschließlich administrative Aufgaben zugeteilt.

Claus war einem stetig wachsenden Papierkram ausgesetzt, der hauptsächlich die Bearbeitung von Reklamationen beinhaltete. Durch die fehlende berufliche Herausforderung und die völlig weggebrochene Anerkennung kamen Gefühle der ungerechten Behandlung in ihm hoch, die er aber in Selbstgesprächen, durch positives Argumentieren im Sinne der Firma, in sich entkräftete oder unterdrückte. Die

Belegschaft wurde weiter reduziert und es fand eine Auftragsverlagerung statt, die das Auftragsvolumen der in den USA ansässigen Filialen förderte. Nach wenigen Monaten wurde die Kreativabteilung zusammen mit der Entwurfgestaltung in die Zentrale nach New York verlegt. Zurück blieben die Reklamationsbearbeitung, die Buchhaltung für Inlandsaufträge und eine neu eingerichtete Verwaltungsabteilung für alle sonstigen anfallenden Nachfragen. Ein Jahr nach der Übernahme und den Abteilungsverlegungen wurde Claus und den wenigen Mitarbeitern in einem Memo mitgeteilt, dass durch die Neustrukturierung nun eine neue Arbeitsplatzbewertung notwendig geworden war und die Gehälter angepasst werden müssten. Alle Gehälter wurden natürlich gekürzt. Für Claus brach seine, sich im Einsturz befindende, Welt nun völlig zusammen. Er fühlte sich ohnmächtig und wusste nicht, wie er sich verhalten oder gar wehren sollte. Er verstand nicht, warum seine Arbeiten nicht mehr gut genug waren. Aber um konkret und bestimmend nachzufragen, fehlte ihm der Mut. Ihm, dem sein Doktorvater vor über zehn Jahren, außerordentlichen Mut bescheinigte, weil er tat wozu andere sich nicht trauten. Claus beschlich eine verzweifelte Ohnmacht, wenn er an die Zeit damals dachte, eine Zeit der Leidenschaft für die Architektur, eine Zeit der Unbekümmertheit, eine Zeit der jugendlichen Euphorie mit Charme und Elan. Nach seinem Sieg beim Talentwettbewerb wurde er hofiert, bekam lukrative Angebote und wurde vom Fleck weg eingestellt. Geführt und geleitet, aus den Erfahrungen anderer schöpfend, durfte er seine Ideen umsetzen ohne Konventionen beachten zu müssen. Er konzentrierte sich nur auf seine Kreativität und pflegte seine Sensibilität in der Wahrnehmung der nächtlichen Sternenreisenden und Besucher. Das Drumherum erledigte Claire und die Firmeninhaber. Aber er war der Macher, er war der Star. Das wurde ihm immer wieder bestätigt, von allen Seiten. Und jetzt, keine Ahnung wie man sich behauptet, wie man Forderungen stellt, wie man kämpft, wie man damit umgeht, nicht mehr der Star zu sein. Wie traut man sich im Leben etwas zu?

Wie könnte er Claire und Cleo aus der geschaffenen Idylle reißen, wie könnte er sie aus ihrem vertrauten Heim jagen, wie könnte er ihnen ihre gewohnte Sicherheit nehmen, wie könnte er ihnen ihr Lebensglück vernichten. Niemals könnte er das oder etwas Ähnliches zulassen. Er war sich sicher, er würde beide verlieren, wenn sie sahen wie klein und hilflos er eigentlich ist, dass er sie unter einfachen Umständen nie beschützen könnte, was aber die eigentliche Aufgabe eines richtigen Mannes und richtigen Vaters ist. Er war schon immer ein Versager und durch diese Situation kommt es jetzt an die Oberfläche, damit jeder erkennt, dass er unfähig ist eine gesicherte Existenz aufzubauen. So wie ihn diese Gedanken tagaus und tagein quälten, lösten sie auch immer länger anhaltende Angstattacken aus, trotz der Einnahme mittlerweile mehrerer Psychopharmaka.

Kündigung

Claus hätte mit seiner Qualifikation und seinen Referenzen leicht eine Stelle als Kreativdirektor bei anderen Architekturbüros antreten können, doch seine gesamten privaten Finanzierungen für all die teuren Anschaffungen, die er noch zu Zeiten seines Höhenfluges getätigt hatte und auch Jahre später noch, liefen über betriebsinterne Darlehen, die ihm seinerzeit nicht nur wohlwollend, sondern mit dem Hintergedanken, ihn an das Unternehmen zu binden, angeboten wurden. Natürlich viel günstiger als bei Banken, mit zusätzlicher Sondertilgungsmöglichkeit in beliebiger Höhe. Und wie immer bei Finanzierungen, die verlockende Aussichten bieten, nahm Claus, wie jeder andere auch, viel zu viel davon in Anspruch. Nach der Firmenübernahme wurde ihm mitgeteilt, dass beim Verlassen des Unternehmens alle bestehenden Kreditverträge unverzüglich zurückzuzahlen wären. Für Claus würde das den Ruin bedeuten, weil neu abzuschließende Darlehensverträge einen wesentlich höheren Darlehenszins hätten und er diese Verbindlichkeiten mit seinem angepassten Gehalt nicht bezahlen könnte. Claus wusste, selbst beim Verkauf einiger Anschaffungen und mit massiven Einschränkungen im Lebensstil, würden die Sicherheiten für eine Neufinanzierung nicht ausreichen und keine Bank würde sich darauf einlassen.

Veränderung

Claus ging zielstrebig der totalen Erschöpfung entgegen. Sein Organismus konnte den Anforderungen nicht mehr standhalten. Es tauchten Zerrbilder vor ihm auf. Am Kopierer dachte er, in den LED-Kontrolllämpchen eingeschlossene Ameisen zu sehen. Die Augen und Nasen seiner Kollegen verzerrten sich über deren ganzes Gesicht und an seinen Konstruktionszeichnungen fielen ihm immer mehr Striche und Schmierflecke auf, die sich nicht entfernen ließen. Die so angefangenen Ausarbeitungen legte er sich alle beiseite auf Wiedervorlage, um ihnen zunächst keine Aufmerksamkeit schenken zu müssen. Er konnte mit niemandem über seine Veränderungen reden und trug seine Angespanntheit und ständige Gereiztheit in sein Familienleben. Immer öfter setzte er Claire mit unverständlichen Anforderungen und unberechtigten Anschuldigungen unter Druck. Sie führte sein irriges Verhalten auf seine berufliche Anspannung zurück und reagierte entsprechend verständnisvoll und hoffte auf eine baldige Besserung, besonders der betrieblichen Situation. In Claus allerdings entwickelten sich immer stärker Zweifel und Misstrauen gegenüber seiner Umgebung. Er hatte das Gefühl nur noch benutzt zu werden und wurde immer unzufriedener. Seine Lebensfreude und sein Vertrauen in seine Umwelt wurden von Ängsten und Panikattacken abgelöst. Claus hatte ständig Schmerzen, die er teilweise einem inneren Organ zuordnen konnte. Doch umfangreiche medizinische Untersuchungen konnten nichts lokalisieren. Eines Tages machte sein Arzt eine Bemerkung über psychosomatische Beschwerden, deren Ursprung sich im Seelischen befinden kann. Er schlug vor, dass Claus die Psychopharmaka absetzte und eine Therapie beginnt. Daraufhin wechselte Claus den Arzt und bekam zu seinen gewohnten Psychopharmaka auch Antidepressiva verschrieben. In wenigen klaren Momenten erkannte er die Hilflosigkeit seiner Mitmenschen ihm gegenüber. Insbesondere schmerzte ihn, dass er Claire nicht mehr wie früher gegenüber treten konnte. Er hatte das Gefühl, dass sie von ihm wegtrieb, aber gleichzeitig die klare Erkenntnis, dass er es war, der sich von ihr entfernte. Claus spürte nur noch verzweifelte Hilflosigkeit und dass er darin verloren gehen würde.

Hatte er auch die eiskalte Hand im Rücken mehr oder weniger durch Pharmakacocktails unter Kontrolle, spürte er öfters eine innere Beklemmung, ausgelöst durch einen festen Griff um sein Herz, der anfing zu brennen und er das Gefühl hatte, dass sein Herz von einer glühenden eisernen Faust umklammert würde. Die Hitze breitete sich auf jedes innere Organ aus und Claus hatte das Gefühl, als würde alles in ihm verschmelzen. Gleichzeitig wusste er aber, dass es seine eigene Hand war. Wie konnte er sich selbst solche Schmerzen zufügen und gleichzeitig seine Stimmen hören, die aus seinem Innersten ein verzweifeltes Verlangen nach Schutz und Hilfe hinausschrie.

Claus hatte einen sehr starken Willen sich nichts anmerken zu lassen und verdrängte diese Panikattacken mit zusätzlichem Alkohol. Er glaubte mit Selbstkontrolle könne er es schaffen ihnen keine Beachtung zu schenken. Im Umgang mit seinen Panikattacken war er auf eine geniale Idee gekommen. Er unterhielt sich mit der eiskalten Hand und der glühenden Faust, die dadurch abgelenkt waren und er sich so vor den Schmerzen schützen konnte. Die Mitarbeiter gingen ihm mittlerweile aus dem Weg, weil sie sich unwohl fühlten, wenn Claus ihnen, in Selbstgespräche vertieft, entgegen kam. Zumal diese Gespräche immer eine besondere Dynamik hatten. Er automatisierte sein Verhalten und konnte so, leichte bis mittlere Depressionen durchstehen. An manchen Tagen allerdings, half nichts mehr. Seine inneren Schmerzen waren so gewaltig, dass er sich für Stunden mit Tabletten und Alkohol in der Toilette einschloss. Danach fühlte er sich völlig ausgebrannt und konnte dem Begriff Burnout ein konkretes Gefühl zuordnen. Diesen Qualen hielt er Stand, bis sein statisch gewordener Wille und seine schwindende Lebenskraft ihnen nichts mehr entgegenzusetzen hatten. Seine Gefühlswelt war ein absolutes Chaos. Heimlich mietete er sich ein kleines Apartment und täuschte seiner Familie immer länger dauernde Meetings oder Geschäftsessen vor. Dieses Einzimmerapartment wurde mehr und mehr zu seiner Insel, zu seinem einzig geschützten, angstfreien Lebensraum, in dem er sich sicher fühlte und den er als seinen

Lebensmittelpunkt empfand. Die Geburt seines Sohnes Clemens konnte er nicht mehr realisieren.

In der Firma wurde er immer unzuverlässiger und sein Verhalten war nahezu nicht mehr akzeptabel. Er verpasste Kundentermine und bereitete sich nur unzureichend auf Besprechungen vor. Als er einer Präsentation unter sehr großer Nervosität beiwohnte, kündigte sich eine Panikattacke an und Claus murmelte in seiner gewohnten Abwehrstrategie in sich hinein. Als die Anwesenden ihn verwundert ansahen, erlebte Claus einen nie dagewesenen aggressiven Gefühlsausbruch. Er riss sich das Hemd auf, bediente sich der umstehenden Wassergläser und schüttete den Inhalt auf seine Brust und den Bauch. Dann griff er sich eine Wasserflasche und übergoss seinen Kopf. Gierig schüttete er sich das Wasser in den Mund und abwechselnd auf die Schultern und Nacken. Eine zweite Flasche goss er sich komplett in seine Hose. Für einen kurzen Augenblick wurde er zurück in die Realität katapultiert, nahm die Situation bewusst wahr und flüchtete in sein Büro.

Während dem darauffolgenden Gespräch mit seinem Vorgesetzten, der ihn drastisch kritisierte und Konsequenzen androhte, brach Claus in Tränen aus und konnte nicht mehr beruhigt werden. Der alarmierte Notarzt konnte ihn nur bedingt stabilisieren und um sein Leben zu retten, wurde er, sofort nach der Einlieferung im Krankenhaus, auf der Intensivstation in ein künstliches Koma versetzt. Sein gesamter Organismus drohte zu kollabieren.

Niedergang

Claus konnte erst nach mehreren Wochen aus dem künstlichen Koma geholt werden. Claire erfuhr nach intensiven Untersuchungen, dass eine latent paranoide Schizophrenie vorlag. Bei Claus kam sie durch extreme Angstzustände, wahrscheinlich durch Existenzängste, zum Ausbruch. In dieser Zeit des Niedergangs übernahmen Phantombilder, befehlende Stimmen und dämonische Klänge die Steuerung seines Geistes und seiner Motorik. Die Interpretation seiner Umwelt wurde vom Wahnsinn übernommen und hatte eine zerstörerische Auswirkung auf Claus´ Empfindungen für sein soziales Umfeld. Er empfand nichts mehr, wo früher Liebe, Vertrauen und Freundschaft waren. Der Wahnsinn hatte die Existenz von Claus übernommen.

Sein 41. Lebensjahr und die folgenden Jahre überlebte Claus nur mit weiteren Psychopharmaka-Cocktails und extremen Ruhigstellungen über Wochen und Monate. Er befand sich in der geschlossenen Psychiatrie und nach und nach wurde er in speziell abgestimmte Therapieformen eingeführt, die immer einen hohen Anteil an Selbstschutz beinhalten mussten. Claus musste vor sich selbst geschützt werden, weil ihm befehlende Stimmen Suizid nahelegten. Der Wahnsinn führte Claus in die Selbstisolierung, die ihn von jeglichem Kontakt zu Menschen abbrachte, seine Umwelt ausgrenzte und Claus in sich selbst versinken ließ. Durch die ständigen Besucher die ihn aufsuchten, fand er nie mehr richtigen Schlaf. Ein paar Minuten Dösen in Trance, in die er in völliger Erschöpfung fiel. Die „Hellen" forderten ihn ständig auf sich selbst zu töten, weil sie, wie sie sagten, ihn nicht länger beschützen konnten, da die „Dunklen" immer stärker werden würden und ihn auf grausame Weise zu Tode martern werden und deshalb der Freitod für ihn weit schmerzloser sei, ja eine Gnade sein würde. Kamen die „Dunklen" zu Besuch, brachten sie Bilder von zerfetzten Tierleibern mit, die zu bizarren Gebilden arrangiert waren. An verschiedenen Stellen der Arrangements erkannte er Teile seines eigenen Körpers die durch Stromdrähte verbunden waren, die durch blutendes Fleisch und gespaltene Knochen verliefen und durch die zuckende Blitze schossen, die seine Körperteile flackernd aufleuchten ließen. Um diesem Horrorszenarium zu entgehen, versuchte Claus eines Tages die elektrische Ausstattung in seinem Zimmer zu zerstören. Als er dadurch einen Kurzschluss verursachte, wurde sein Aufenthaltsraum mit Niederspannung ausgestattet.

Rückkehr

Für Claus existierte weder Raum noch Zeit. Die Zwangsernährung nahm er nicht wahr. Er befand sich völlig abgeschottet in seiner Welt und hatte genügend damit zu tun, befehlenden Stimmen und Zerrbildern entgegen zu treten. Eines Nachts hatte Claus einen Traum von dem er nicht wusste, dass er sein früheres Leben widerspiegelte. Etwas in Claus war so angetan von der Harmonie, die darin herrschte und den glücklichen Gesichtern, die ihn anlächelten, dass er sich von diesem merkwürdigen Traum ein Gefühl zurückbehielt, um es wieder und wieder zu fühlen. Bis zu diesem Moment waren über sechs Jahre vergangen, die Claus in der geschlossenen Psychiatrie mit Zwangsernährung, in völliger Selbstisolierung, verbracht hatte. Aber dieses Traumgefühl, das nicht mehr als ein flüchtiger Wimpernschlag in Claus´ surrealer Welt war, setzte in ihm einen Prozess in Gang, der ihn befähigte, Kompromisse einzugehen. Der eiskalten, knöchernen Hand trat er als erstes entgegen und vereinbarte mit ihr, dass sie sich ausschließlich bei Rückenschmerzen zeigte, um ihm Linderung zu verschaffen, indem sie ihm seine Wirbelsäule ausrichtete und ansonsten könne sie sich auf sein Kreuzbein legen, wenn sie dabei die Kälte reduzierte. Anfangs widersetzte sie sich und krabbelte mit ihren glatten, runden Fingerkuppen die Wirbelsäule empor, aber Claus konnte mehr und mehr seinen starken Willen wiederfinden und setzte ihn dagegen ein. Um sich durchzusetzen, unterstützte ihn das Gefühl aus seinem Traum, das er tief in sich in einer Schatztruhe aufbewahrte und beschützte. Mit dem glühend eisernen Griff um sein Herz und der ausströmenden, verschmelzenden Hitze in seinen inneren Organen, kam er zu seiner Überraschung leichter zu recht. Da er bereits wusste, dass es seine eigene Hand war, die ihn peinigte und seine Seele gleichzeitig um Hilfe schrie, öffnete er bei der nächsten Attacke seine Schatztruhe und die schmerzhafte Schmelze in seinem Innern wurde durch eine sanfte, wohltuende Wärme aufgelöst. An diesem Tag fiel Claus in einen tiefen langen Schlaf, aus dem ihn die Mitarbeiter der psychiatrischen Klinik aufweckten, als sie ihm die Kanüle für die Zwangsernährung anschlossen. Zum ersten Mal nahm Claus sein direktes Umfeld wahr und schaute einem Mitarbeiter, der ihn später wusch, bewusst in die Augen, sodass dieser erschrocken seinen Blick von ihm abwand. Irgendwie spürte Claus, dass er irgendwo zurück war. Sein Verhalten wurde zunehmend realer, er integrierte sich in Gemeinschaften und nahm Kontakt zu anderen Menschen auf. Er begeisterte sich für das Zeichnen und saß stundenlang in den Handwerksräumen der Psychiatrie und baute an Papier- und Holzmodellen.

Abwehr

Nach über 7 Jahren Klinikaufenthalt beginnt Claus seinen ersten unbetreuten Tag mit Claire beim Frühstück. Er telefoniert mit Cleo und am Nachmittag holt er Clemens von der Schule ab. Gegen Abend fühlt er sich so glücklich, dass ihm fast das Herz zerspringt. Er sagt es Claire und sie versteht, dass er etwas alleine sein möchte. Claus beschließt, seine Gefühle mit einem kurzen Spaziergang im nahegelegenen Tierpark abklingen zu lassen. Es ist ein lauer Sommerabend. Er mag diesen Tierpark, weil er idyllisch in einem Wäldchen liegt und abends nicht viele Besucher hat. Alles ist sehr liebevoll und durchdacht angelegt. Obwohl sich alle Tiere frei bewegen können, wurde darauf geachtet, dass sie feste Rückzugsmöglichkeiten wie Ställe haben und

Areale, in denen sie sich aufhalten können und die Besucher durch Hinweisschilder angehalten werden, die Tiere hier in Ruhe zu lassen. Claus legt sich am Rande einer kleinen Baumgruppe in das noch warme Gras und genießt den klaren Sternenhimmel. Zum ersten Mal seit vielen Jahren erkennt er am Sternenhimmel wieder Umherreisende und Besucher, deren Reiserouten sich vor seinen Augen zu goldenen, dreidimensionalen Konstrukten zusammenfinden. Claus erkennt wie früher, in den verwirrenden ineinander fließenden Linien, Formen auf verschiedenen Ebenen und es entstehen in ihm wundervolle Bilder und ein unglaubliches Glücksgefühl. Er genießt die leuchtend goldene Tiefe, die sich über ihm mehr und mehr ausbreitet und immer dichter zu werden scheint. Sein Herzschlag nimmt zu und er fühlt eine Leichtigkeit, als würde er schweben.

Plötzlich nimmt er einen süßlichen Geruch wahr und wird dadurch abgelenkt. Er schaut sich um und nimmt hinter der Baumgruppe Lichtblitze wahr. Der süßliche Geruch ist jetzt sehr intensiv. Claus geht ihm nach, durch die Bäume kommt er auf einen schmalen Weg und sieht im fahlen Mondlicht einige Tauben mit gebrochenem Genick auf dem Boden liegen. Auf den stumpfen Pfählen eines Tiergeheges stecken die abgeschlagenen Köpfe von Ziegen und Schafen und ein paar Meter weiter liegt ein Pony mit aufgeschnittener Kehle in seinem Blut. Seine Innereien hinterlassen, von ihm weggezogen, eine blutige Spur im hellen Sand. Claus erkennt die „Dunklen" und spürt wie eine Panikattacke sich breit machen möchte. Bilder rasen durch seinen Kopf, er spürt die eiskalte Knochenhand in seinem Rücken und die Beklemmung in seinem Brustkorb. Claire, Cleo und Clemens tauchen auf und fremde Stimmen rufen ihm rhythmisch zu „ClaClaCleCle, ClaClaCleCle, ClaClaCleCle ..."

Claus sieht plötzlich die „Dunklen" auf sich zukommen, ihre Augen blitzen gefährlich und aus ihren Mündern quillt glühende Lava. Sie sind so nah, dass er ihre modrige Ausdünstung riechen kann. Blitzschnell greift er in den Sternenhimmel und entreißt den Reisenden ihre nach sich ziehenden, golden glänzenden Routen. Schlägt sie den „Dunklen" um ihre Köpfe, rammt geformte Konstrukte in ihre Leiber, bringt sie zu Fall und bindet sie an hölzernen Pfählen fest. Claus beugt sich nahe vor ihre Fratzengesichter und schaut ihnen kämpferisch in ihre glühenden Augen, bis das Feuer in ihnen erlischt und ihn nur noch dunkle Augenhöhlen anstarren. In ihre aufgerissenen schaumigen Mäuler stopft er herumliegenden Tierkot, bis auch das letzte hämische Gelächter erloschen ist.

Starke Glücksgefühle durchströmen Claus. Alles fällt von ihm ab, er hatte alles Bedrohliche abgewehrt und war wieder bei sich. Beruhigt und zufrieden freut er sich auf sein Zuhause. Er spürt keine Kälte und keine Hitze in sich, nur aus seiner Tiefe ausströmende Harmonie. „Endlich Frieden", denkt Claus.

Am nächsten Morgen schlagen in allen Medien landesweite Sondermeldungen die Menschen in ihren Bann. In einem kleinen Tierpark hatten die bereits seit längerem gesuchten Tierquäler und Tierschänder wieder ihr grausames Unwesen getrieben. Polizeibeamte berichteten völlig erstaunt und verwundert, dass sie die Täter mit blutverschmierter Kleidung, samt ihren Waffen, angekettet vorfanden. Seltsamerweise hatten sie alle den Mund voller Tierkot.

***

Sie glauben sich im falschen Film?
Möglich.

Vielleicht sind Sie aber gar nicht im falschen Film, sondern haben Ihre Regie abgegeben und dadurch fremde Akteure, Kulissen und Requisiten in Ihren Film bekommen.

Nach dem Seelen-Prinzip (s. S. 40) sind Sie nicht falsch.

Es sind die Konsequenzen Ihrer vergangenen Entscheidungen, die in Form von äußeren Umständen und Gegebenheiten, Einfluss auf Sie nehmen, Sie schwächen, verbrauchen, frustrieren, an sich selbst zweifeln und Sie zur funktionierenden Maschine werden lassen. Sehen Sie dies als Erfahrung, als Mosaiksteinchen in Ihrer Seelen-Reifung.

Verzagen Sie nicht. Gehen Sie weiter. Finden Sie zu sich zurück und übernehmen Sie wieder Ihre Regie.

***

Schwereloser Nachmittag

Das neue Kulturzentrum, ein Palast der Sinne, ein Gebäude wie es die großen griechischen Architekten nicht besser hätten bauen können. Große helle Räume, Wandfarben nach archetypischen Kriterien ausgewählt und die Böden mit passenden Natursteinen ausgelegt. Kinos, Freizeitpark und die modernste digitalisierte Bibliothek lassen seit der Eröffnung tausende Neugierige einströmen und entlässt jeden Tag begeisterte und zufriedene Besucher. Und in der Mitte des Palastes, das absolute Schmuckstück, die Bibliothek. Trotz ihrer zentralen Lage ist sie durch intelligent eingesetzte und modernste schalldämmende Materialien gegen die von außen ankommende Geräuschkulisse lautlos abgeschirmt. In den mit Hightech ausgestatteten Lesekabinen findet jeder Nutzer unbegrenzten Zugang zu allen erdenklichen Themengebiete in den umfangreichsten und zugriffschnellsten Datenbanken, die es weltweit gibt. Das Besondere dabei ist, jeder kann entscheiden ob er alleine und ungestört das ungeheure Wissensspektrum genießen und recherchieren möchte oder ob er sich zur Kommunikation mit anderen freistellt. Per Knopfdruck kann dann die eigene Lesekabine für andere kommunikativ frei geschaltet werden. Auf einem Monitor erscheint das Gesicht des Gesprächspartners oder, wenn ein Forum ausgewählt wird, erscheinen die Teilnehmer auf dem Monitor im Splitscreenverfahren. So können sich dutzende Themeninteressierte in einer Gruppe austauschen oder

Einzelne können sich in einem geschützten Rahmen, als Fremde, austauschen und sich jederzeit aus der Unterhaltung zurückziehen.

Manuela und Paul hatten sich bereits tief in ihr Lieblingsthema „Griechische Mythologie" vertieft, als sie von ihrer Neugierde getrieben, sich gleichzeitig entschlossen für sich ein Experiment zu starten und ihre Kabine zur Kommunikation frei zu geben. Für beide war es untypisch auf fremde Menschen zuzugehen und deshalb waren sie sehr gespannt, auf wen sie wohl treffen werden. Für „Griechische Mythologie" gab es kein Forum und auf beiden Monitoren erschien jeweils nur ein Themeninteressierter. Manuela und Paul drückten jeweils den Freigabeknopf für Einzel-Kommunikation und waren zunächst beide sprachlos und starrten nur auf das Antlitz auf dem Monitor. Wie auf Kommando mussten beide erstmal lachen und das Lachen ihres Gegenübers löste immer mehr das eigene Lachen aus. Die erste Peinlichkeit verflog überraschenderweise sehr schnell, sie empfanden sich beide sofort sympathisch und es begann ein Gespräch das mehrere Stunden dauern sollte. Obwohl sie nichts Persönliches austauschten, fühlten sie sich nach einer Weile sehr vertraut. Unbefangen lachten sie über die gleichen Dinge, recherchierten mit gleichem Interesse und Begeisterung um Unerklärtes zu verstehen. Sie genossen, dass die Chemie untereinander stimmte und sie sich auf der gleichen Wellenlänge befanden. Nach und nach entfachte sich aus kleinen Funken ein mächtiges Feuer zwischen ihnen. Beide spürten die Angst der möglichen überwältigenden Gefahr, aber keiner wollte und konnte das Feuer ersticken. Wellenartig vermischten sich Emotionen auf wundersame Weise. Körperlos flogen sie durch Sphären der Heiterkeit, der Spannung, der Ungewissheit, der Glückseligkeit. Ein Austausch, der jede Faser ihres Seins erfasste, sie vergaßen Raum und Zeit, sie schwebten gemeinsam vertrauensvoll, schwerelos und losgelöst an diesem wundervollen Nachmittag.

Lachend und strahlend versanken sie im Gesicht des Gegenübers auf dem Lesekabinenmonitor und ihre Augen verschmolzen liebend ineinander. Voller Spannung und Freude verabredeten sie sich und wählten als Treffpunkt den „Sockel der Aphrodite" vor dem Kulturpalast. In ihrer

Aufregung stieß Manuela beim Aufstehen heftig gegen die Trennwand und musste lachen, als in der Nachbarkabine jemand laut an die Wand klopfte. Und als sie ihre Kabine verließ, stand ihr Nachbar plötzlich mit sehr bösem Gesicht in seiner Kabinentür und raunzte sie an, mehr Rücksichtsnahme zu zeigen. In seinem roten Gesicht, dessen Hängebacken sich bereits über den Rand des weißen Hemdstehkragen stülpten, war große Verärgerung erkennbar und die Bereitschaft sich wütend zu zeigen. Manuela erkannte die Geringschätzung in diesem Blick, murmelte eine Entschuldigung und ging schnell in Richtung Ausgang. Plötzlich befiel sie ein Gefühl zu spät zu kommen, etwas zu verpassen, etwas zu verlieren. Sie ging noch eiliger und übersah dabei Abgrenzungspfosten, die seitlich auf einer roten Fläche abgestellt waren. Diese Pfosten werden bei Bedarf aufgestellt und mit Gurten verbunden, wenn ein abgegrenzter Bereich benötigt wird, wie etwa bei einer Vorlesung oder Autogrammstunde. Es genügt eine leichte Berührung eines der Pfosten, um mehrere davon mit metallischem Kleppern zum Umfallen zu bringen. Schnell und mit hochrotem Kopf, stellte Manuela einige wieder auf, schob den Rest mit den Füßen zur holzgetäfelten Wand und eilte mit einem verschmitzten Lächeln zur Ausgangstür.

Sie fühlte sich furchtbar beobachtet und gerade jetzt musste sich auch noch eine Menschentraube durch die große Schwingtüre hereinquetschen. Jeder einzelne Besucher starrte sie an, manche schauten verwundert, andere grinsten blöde und verharrten in ihrer Bewegung, ließen ihre weit aufgerissenen Augen nicht von Manuela ab, bis sie von der nachdrückenden Menge weiter geschoben wurden. Manuela waren diese Situationen nicht neu, sie war einiges gewohnt, aber heute spürte sie unbändige Wut, weil sie nicht schnell genug zu ihrem Treffpunkt und zu Paul kommen konnte. Jetzt endlich war auch der letzte Besucher dieser Meute durch die Schwingtür. Manuela wollte gerade durch Tür gehen, als sie hinter sich eine Stimme auffordernd sagen hörte: „Bitte sehl um Velzeihung glandiose Flau", Manuela dreht sich eher im Reflex um und wird von einem grellen Fotoblitz eines asiatisch aussehenden Besuchers geblendet. Genervt und leicht verärgert über sich selbst, hört sie: „Blavo, Blavo", aber bevor sie etwas sagen kann, läuft der Knipser bereits einer Touristengruppe hinterher und ruft: „Glandios, wilklich glandiose Flau, wundelbal."

Dass Schnappschüsse von ihr gemacht werden ist ebenfalls nichts Neues für Manuela, aber die Dreistigkeit und Respektlosigkeit ärgert sie jedes Mal über alle Maßen. Endlich, durch die Tür erreicht sie die oberste Stufe der sehr großzügig angelegten Aufgangstreppe des Kulturpalastes. Ein paar Schritte nach links und am Sockel der Aphrodite wird sie endlich Paul treffen. Ihr Herz fängt wild an zu schlagen, ihr Mund ist völlig trocken und sie kann kaum noch schlucken. Auf den Stufen sitzen überall junge Leute, sie unterhalten sich, stecken ihre Köpfe zusammen, lachen, manche stehen abrupt auf und zeigen einige Tanzschritte, sitzen wieder nieder und lachen. Hier und da bilden einige einen Kreis, diskutieren heftig und rauchen angespannt. Manuela lässt mehrmals ihren Blick über die Menschen streifen. Besonders aufmerksam nahe der Aphrodite, aber nirgends ist Paul zu entdecken.

Sie bemerkt zwar, wie sie wieder von vielen beobachtet wird, aber es lässt sie kalt. Sie geht zum Sockel der Aphrodite, setzt sich direkt davor auf eine Treppenstufe und lehnt sich, an den von der Sonne, aufgewärmten Stein. Sie sieht nicht mehr die Blicke der vorübergehenden Personen, hört auch nicht den einen oder anderen an sie gerichteten Kommentar. Langsam versinkt sie in sich, lässt die letzten Stunden mit Paul Revue passieren und als sie ihre Augen schließt, zaubert sich ein Lächeln auf ihre Lippen. Paul, seine Stimme so kraftvoll, dynamisch und doch voller Wärme und Harmonie, so tief, so männlich. Seine sinnlichen Lippen und die etwas schiefen Zähne. Zwei witzige kurze Locken, die sich auf seiner Stirn kräuseln. Das faszinierende Hellblau seiner Augen, das noch mehr strahlt, wenn er voller Begeisterung erzählt und das ein herrliches Gegengewicht findet in diesem türkis und meeresblaufarbenen Seidenschal, den er locker um seinen Hals trägt. Solch eine farbenfrohe Unterhaltung, wie an diesem Nachmittag, hatte sie noch niemals erlebt. Pauls bewegliche Geisteshaltung, seine Toleranz und Verständnis für Andersartiges, sein fester Glaube an einen göttlichen Plan, sein detailliertes Wissen und sein steter Wissensdurst, der Drang, mehr zu erfahren, Dinge zu hinterfragen, hinterließ bei Manuela einen unglaublichen Eindruck von Echtheit, Aufrichtigkeit und ja, Größe.

Pauls Herz lief Gefahr sich zu überschlagen. Einen letzten Blick in Manuelas Gesicht und er hechtet aus seiner Lesekabine, spurtet den Mittelflur entlang. „Mist, hab vergessen mich auszuloggen, ach und wenn schon, 2,50€ mehr beim nächsten Mal, ist doch d`rauf gepfiffen." Freudig lachend spürt er einen inneren Druck, der ihn vorantreibt und so schnell als möglich, wie ein Katapult zum Sockel der Aphrodite schleudern will. Seine Beine scheinen sich verknoten zu wollen, weil seine Füße nicht schnell genug den Befehlen seines Gehirns nachkommen. Er ist sehr beweglich und wendig, wenn er hier und da einem anderen Besucher ausweichen muss. Flink huscht er durch die Menschenmenge, macht schnelle Ausfallschritte, bremst scharf, fängt sich vor Handtaschen und herumbaumelnden Fotoapparaten ab und doch erntet er oft ein aufgebrachtes „He, he, he, aufpassen, Menschenskind", wenn er ein Knie oder einen Fuß erwischt oder seine Hände die eine oder andere Hüfte wegdrücken.

Vor seinem inneren Auge lächelt ihm Manuela zu. Ihre blitzenden, grünen Augen, die ihn an eine Raubkatze erinnern, sind für ihn eine einzigartige Herausforderung. Er ist verzaubert von ihrem ebenmäßigen Teint, den vollen Lippen und hohen Wangenknochen, ihren dunklen Augenbrauen und der schmalen Nase, deren Flügeln leicht vibrieren, wenn sie lacht. Er hat sich sofort in die tänzelnde

Haarsträhne verliebt, die ständig federnd ihre Stirn streichelt. Nach wenigen Minuten steht er draußen auf der obersten Stufe der großzügig angelegten Aufgangstreppe. Er stellt sich nahe an die Brüstungsmauer. Er beobachtet die heraufeilenden und sich unterhaltenden Besucher. „Manche nehmen auf nichts Rücksicht und überrennen wirklich alles", denkt er. Der freie Blick wird ihm völlig versperrt. Er geht in Richtung Sockel der Aphrodite, dafür muss er quer über die weite Aufgangstreppe. Ein Hund an einer viel zu langen Leine, will ihm seinen Seidenschal entreißen. Nur knapp kann er einer großen Ledertasche ausweichen, die ihre Trägerin schwungvoll von unten nach oben über ihre Schulter wirft. Fortwährend muss Paul sich mit lauter Stimme: „Verzeihung, Achtung, entschuldigen Sie bitte", durch ein Meer von Unachtsamkeit, Tollpatschigkeit, Arglosigkeit und Ignoranz schlagen. Auf halber Höhe findet er Schutz hinter einer der fünf Säulen, die die massive vorstehende Überdachung tragen. Hier findet er Zeit, um etwas zu verschnaufen. Vor ihm lichtet sich die Menschenmenge und er sieht, wie sich eine geballte Menschentraube durch die mittlere doppelte Schwingtüre hineinquetscht. Irgendetwas scheint drinnen einen Stau zu verursachen. Kopfschüttelnd beobachtet Paul, wie die nachrückenden Menschen nicht fähig oder gewillt sind die Lage abzuschätzen und unvermindert vorwärts in den Raum hineindrängen. Als der letzte Besucher darin verschwindet, bemerkt er einen grellen Blitz und denkt belustigt, dass die soeben Zerquetschten fotografiert werden. Jetzt sieht Paul

Manuela, wie sie ungeduldig die letzten Gaffer der Menschenmasse passieren lässt. Obwohl sie einige Zornesfalten auf ihrer Stirn trägt, schmunzelt Paul, denn nichtsdestotrotz erkennt er ihren sanften, liebevollen Gesichtsausdruck. Noch nie wirkte eine Frau schöner auf ihn. Jetzt kommt sie durch die Türe, bleibt kurz stehen und wendet sich in Richtung Sockel der Aphrodite. Im nächsten Moment wird ihm heiß, er bekommt einen Schweißausbruch nach dem anderen, Atemnot, Schwindel. Er presst sich an die Säule und reißt sich sein Hemd auf. Schnell versteckt er sich auf der anderen Seite der Säule. Er sinkt mit dem Rücken am Stein entlang, bleibt keuchend, blass und wie versteinert sitzen. Alles um ihn herum dreht sich, ihm ist übel und elend zumute. Eine ältere Frau fragt nach, ob mit ihm alles in Ordnung sei, ob sie helfen könne. Er schüttelt den Kopf und die Frau geht langsam weiter die Stufen hoch.

Abrupt reißt Manuela ihre Augen auf. Größe, Größe, Größe schießt es ihr durch den Kopf. Die große weite Aufgangstreppe war jetzt fast menschenleer. Sie musste wohl etwas eingeschlafen sein. Die Sonne stand bereits sehr tief und blendete ihre Augen. Eine tiefe Einsamkeit breitete sich in ihr aus. Traurigkeit umklammerte ihr Herz. Ihr wurde schwindelig. Sie griff in ihre Tasche und holte eine Tablette heraus, die sie auf der Zunge zergehen ließ. „Ja, du mein Herz, beruhige dich", sagt sie leise zu sich selbst. Langsam erholt sie sich, ihr Herz schlägt ruhiger. Nach und nach erlangt sie wieder die Kontrolle über Körper, Geist und über *ihre* Realität. Eigentlich sind solche

Erfahrungen für sie gang und gäbe. Nur heute hatte sie sich völlig vergessen. Was war passiert, war alles nur geträumt? Nein, sie sitzt doch hier an einem Treffpunkt nach einer Verabredung, nach unsagbar schönen Stunden, nach noch nie zuvor erlebter Gemeinsamkeit und Harmonie. Und jetzt - doch allein. Wirklich überrascht ist sie nicht, dass Paul es nicht bis hierher geschafft hat. Vermutlich, denkt sie, hat er mich Monster hier sitzen sehen und hat unter Schock das Weite gesucht. Wer mag es ihm verdenken? Seit vor vielen Jahren ihr Körper durch eine Stoffwechsel- und Drüsenfunktionsstörung wie aus dem Nichts heraus anfing zu wachsen und aufzuquellen, kamen zu den psychischen und körperlichen Belastungen zusätzlich die ihr offen gezeigte Abneigung und das unverfrorene Aussprechen des Ekels einiger Mitmenschen hinzu. Ihre Körpergröße von 2,08m betonte natürlich die Körpermasse von fast 370 Pfund in einem erschreckenden Ausmaß. Ihre Hände waren durch den sehr hohen Wassereinschluss oft sehr angeschwollen und ihre Fußknöchel durch das angestaute Wasser nicht mehr erkennbar. Es gab keinen Schuh, der ihr keine Schmerzen verursachte. Und dennoch verabscheute sie ihren Körper nicht. Einzig ihr Gesicht war unverändert und ließ sie mit jedem Blick in den Spiegel hoffen. Manuela stand auf, ihr Rücken und ihre Knie schmerzten. Sie stützte sich am Sockel der Aphrodite ab und als sie wieder ein Gefühl in ihre Beine bekam, richtete sie sich auf. Sie strich sich ihre federnd tänzelnde Haarsträhne aus dem Gesicht und blickte die nun leeren

Treppenstufen hinunter. Gerade wollte sie sich zum Gehen wenden, als ihr Blick an der mittleren Säule, die die vorstehende Überdachung mitstützte, eine ungewöhnliche Schattenkombination wahrnahm. Ungläubig wartete sie, bis sich die einzelnen Schatten zuordnen ließen. Starre ich etwa, fragte sie sich selbst? Ja, sie starrte der Person hinterher, die sich aus dem Schatten der Säule löste und die Stufen hinunter eilte. Sie erkannte sofort das Besondere daran. Ein Mann, extrem kleinwüchsig und mit stämmiger Figur. Mit Wehmut dachte sie an die Unterhaltung mit Paul, in der er der festen Überzeugung war, dass es für alles und jeden einen göttlichen Plan gibt. Mit einem Gemisch von Traurigkeit und Freude sah sie dem Kleinwüchsigen nach, ihre Traurigkeit verflog ein bisschen und machte Platz für Mitgefühl. Er ging schnell und es sah aus, als würden sich seine Beine verknoten wollen, weil seine Füße nicht schnell genug den Befehlen seines Gehirns folgen konnten. Und trotz seiner Körpergröße von unter einem Meter, konnte sie an seiner Körperhaltung ablesen, was sie selbst schon so oft gefühlt hatte. Sie konnte es nachempfinden, wie er mit eingezogenem Kopf und hängenden Schultern um die nächste Ecke verschwand. Tief in Gedanken versunken wandte sie sich zum Gehen ab. Den türkis und meeresblaufarbenen Seidenschal, den der davon Eilende locker um den Hals trug, nahm Manuela nicht mehr wahr.

***

Liebe Leserin
Lieber Leser

Für Dich

Bist du verzagt an manchen Tagen
findest keine Antwort auf Fragen über Fragen

glaubst alles hat doch keinen Sinn
sagt eine Stimme dir wirf dich doch hin

fühlst dich wie aus ´nem Flugzeug fallend
hörst dich selbst auf den Boden knallend

in diesen Momenten diesen schweren
will ich dir, mehr als Trost, Gewissheit bescheren
die ohne mein Zutun kommt aus höheren Sphären

wirf einen Blick auf mein Signum nun
und gib deinen Gedanken danach Zeit zu ruh´n

denn eines morgens als ich erwacht
wusst´ ich dies Kürzel ist dazu gedacht

in Englisch zwar kurz und prägnant
möchte ich´s dir geben an die Hand

egal was andre von dir denken
egal wie sie dein Leben lenken
egal ob sie dich irritieren
egal ob sie dich kritisieren
egal ob sie dich mit Füßen treten
egal ob sie zu Götzen beten
egal ob ihre Lügen lassen dich erbeben
-
You Are Right in diesem Leben!

Danke

für diesen

gemeinsamen Spaziergang

Von Udo Robert Riegger bisher erschienen:

Keine Angst vor großen Tieren - menschlich - 1
Nur auf den Humor ist noch Verlass
ISBN 978-3-7357-6133-1

Keine Angst vor großen Tieren - menschlich - 2
Nur auf den Humor ist noch Verlass
ISBN 978-3-7357-7513-9

Keine Angst vor großen Tieren - politisch - 1
Unsere absurde Politik-Wirklichkeit bekommt ein Gesicht
ISBN 978-3-7357-5752-4

Keine Angst vor großen Tieren - politisch - 2
Unsere absurde Politik-Wirklichkeit bekommt ein Gesicht
ISBN 978-3-7357-7499-6

Keine Angst vor großen Tieren - tierisch - 1
Tier im Mensch und umgekehrt
ISBN 978-3-7357-5843-9

Keine Angst vor großen Tieren - tierisch - 2
Tier im Mensch und umgekehrt
ISBN 978-3-7357-7497-2

Kaleidoskop Mensch 1
Über die potentielle Farbenpracht des Menschen
Kurzgeschichten
Aus dem Leben - Für das Leben
Wahr oder nicht wahr, entscheiden Sie selbst.
Jede für sich eine Perle mit faszinierenden Überraschungen
und spannenden Wendungen.
ISBN 978-3-7357-7508-5

Kaleidoskop Mensch 2
Die wunderbare Welt der Dreizeiler
Haikus und Artverwandte
sind das Salz in der Suppe des Lebens.
Spazieren Sie durch 245 Wortspielereien und entdecken Sie
Alltägliches, Natürliches, Sportliches und Sinnliches
mit Humor und Tiefgang.
ISBN 978-3-7386-0536-5

Alle Erscheinungen auch als E-Book erhältlich.